篇章 縱橫向
結構論別裁

陳佳君⊙著

目 次

自　序

　　自《篇章縱橫向結構論》出版以來，承蒙兩岸多位方家學者的支持與鼓勵，師長們的幾句提點，都帶給我對於這個研究議題有更深的思索，並從中發現自己的不足和盲點。特別是去年（2009 年）隨陳滿銘教授和幾位學長姐們前往福州參加「漢語辭章學研討會」，和多位辭章學界的老師與前輩們進行學術交流，期間，老師們無論是對於我的研究領域及其理論淵源、辭章學的方法論原則，或是發表論文的持續性與質量，甚至是對於學術環境之困難的理解等，都有著一場場溫馨而又深具意義的談話。回到臺灣後，為了推廣辭章學研究，並且希冀學界能較順利的了解辭章學、接受縱橫向篇章結構的概念，廣東肇慶學院文學院副院長孟建安教授和南京曉莊學院人文學院鐘玖英教授，都陸續寄來《篇章縱橫向結構論》的評介，心中真是無限感激！

　　筆者長期持續關注「篇章結構」方面的議題，而《篇章縱橫向結構論》這部專著的研究對象，跨越了意象學與章法學等關於內容與形式的諸多層面，體系龐大，從真正開始動筆直至出版，也歷經了兩年多的時光。若說在前述兩位教授的評介文章裡，這部論文有任何值得參酌之處，無疑是我的老師陳滿銘教授的指導之功；若是就各學術界

先進們所給予的寶貴建議而言，則皆為個人學疏識淺所致之憾。

　　這本《別裁》就是為了進一步嘗試解決關於篇章縱橫向結構的幾個根本問題而撰寫的，而這些更深層的研究議題能夠生成，皆來自學界師長們的提點與建議，所以，可以說，沒有他們的指導和提攜，就沒有這本《別裁》的撰寫計畫了。

　　首先，第一個關鍵問題是「篇章結構」之「縱向」與「橫向」的界定。雖說篇章結構含括偏於內容的「意象系統」和偏於形式的「章法邏輯」，確實存在於辭章理論與現象中，但是如何界定何者為縱、何者為橫，就需要再作出更清楚的論述了。事實上，篇章縱橫向結構的理論淵源，就是上承劉勰「情經辭緯」（《文心雕龍》〈情采〉）的文學觀點。關於經緯文論及其與篇章縱橫向結構一脈相承的關係，已在《篇章縱橫向結構論》中的第二章第三節「縱橫向結構疊合之理論」中探討，今再針對劉勰的經緯論、歷來相關文論之發展，特別著眼於「情采並重」與「情經辭緯」的視角，尋繹篇章縱橫向結構論的理論淵源，考察縱橫雙向結構對經緯論之承繼與發揮，再從實際的辭章作品分析，釐清縱橫向疊合的研究意義與效用，並印證「情采並重」與「情經辭緯」理論的體現，遂寫成〈劉勰經緯觀與篇章縱橫向結構論〉。本文亦已通過雙向匿名審查，將發表於《國文天地》〈學術論壇〉26 卷 5 期（2010.10）。

　　第二個研究主題是「多、二、一（0）」螺旋結構與篇章縱橫向結構的對應。由於「篇章縱橫向結構論」的研究對象，面向牽涉廣泛而龐大，因此，建立整個縱橫向結構理論體系和方法論原則，就變得十分重要。「多、二、一（0）」是從《周易》（含《易傳》）、《老子》等古籍總結出來的層次邏輯學，應合於宇宙創生、涵容萬物的順逆向歷程，並且不斷的互動、循環、提升，這種原理原則掌握了宇宙人生基本而核心的規律，屬「普遍性之存在」，因此能夠居於上位，統攝辭章學理論。有關「多、二、一（0）」理論已在《篇章縱橫向結構論》中的第二、三章中有所析論，但只是初步掌握以下兩部分：一、縱向結構中所出現的各種個別性意象，為「多」；連結起「意」與「象」的媒介——「構」，是「二」；統一在最核心的「意」下，並形成抽象的風格，是為「一（0）」。二、在橫向的章法四大律中，「秩序律」與「變化律」屬於「多」；「聯貫律」則透過「對比」或「調和」，居間發揮銜接作用，為「二」；而「統一律」則是以主旨或綱領，使辭章形成整體，甚至由此生發美感、蘊含風格，對應於「一（0）」。故今則再以〈篇章縱橫向結構的方法論原則——以「多、二、一（0）」理論為架構〉為題，作全面性的梳理，透過各種對應圖表的繪製，以見縱向、橫向，及縱橫向疊合的篇章結構理論，與「多、二、一（0）」螺旋結構之間的關係，並由此建立篇章縱橫向結構的方法論原則與理論體系。此外，也一一藉由實際的作品之分析，

得見以「多、二、一（0）」理論所建立的縱橫向方法論原則，如何表現與運用於文學現象中。本文已通審查，將在「第五屆辭章章法學學術研討會」（2010.10）中發表。

其三是篇章縱橫向結構論是否有跨領域研究的可操作性，而其研究目的與意義又為何。拙作《篇章縱橫向結構論》在擴大篇章結構分析的研究語料方面特別著力，除了以傳統古典詩詞散文為研究對象外，並將研究語料開拓到對聯、佛經、新詩、極短篇、電影的橫向結構，以及電影裡的角色、物材、音樂意象和建築的空間符碼等，而研究結果則指向辭章學理論具有一定程度的普遍性。然而，這是如何達成的，則需再將內部的深層原因採掘出來。職是之故，復以三萬多字之篇幅，從「多維性研究視角」與「廣泛性語料應用」，鎖定篇章縱橫向結構的章法學與意象學兩大辭章學的子系統，來處理〈辭章學的跨領域研究〉。本文的論述理路是先從辭章學的「融合性」、「客觀性」、「橋樑性」等學科特質，以及文藝創作依靠「形象思維」、「邏輯思維」、「綜合思維」之心理基礎，再分別從二元對待、「多、二、一（0）」螺旋結構、章法四大規律、章法四大族性，以及意象之形成、同構理論、個別意象與整體意象等，建構章法學與意象學的方法論原則，以作為實際進行跨領域語料分析的理論基礎。然後從章法的心理基礎與美感效果、意象生成的哲學淵源與同構原理，探討章法學與意象學的「多維性研究視角」；也從對聯章法、電影章法、建築意象、繪本意象等，印證「廣泛性語料應

用」。最後，則由藝術同源論、科際整合的新視野、更新
語料的實踐三方面，歸納出辭章學跨領域研究的意義。本
文在論述「章法學跨領域研究」的相關章節，承蒙福建集
美大學學報邀稿，目前已進入審查程序。

　　除以上三章主要論文之外，《別裁》也收錄《虛實章
法析論》、《辭章意象形成論》和《篇章縱橫向結構論》的
內容摘要，與林大礎、鄭娟榕〈臺灣辭章學的又一新秀新
作——陳佳君《虛實章法析論》評介〉、鄭頤壽〈陳佳君
《辭章意象形成論》評述〉、孟建安〈至高宏闊的視野，
新穎可靠的結論——陳佳君《篇章縱橫向結構論》簡
析〉、鐘玖英〈辭章學研究的新創獲——評陳佳君《篇章
縱橫向結構論》〉等相關評介文章。這是由於《虛實章法
析論》（2002 年出版），是選擇最大的章法家族，探討虛
實章法的理論與應用，主要乃關注於「橫向結構」方面的
研究；而於《辭章意象形成論》（2005 年出版）中，則是
由狹義的意象，擴大到辭章情、理、事、景的整體觀照，
探討核心之「意」與外圍之「象」的相關議題，主要是鎖
定「縱向結構」的研究。如今於《篇章縱橫向結構論》
中，則立足於原有的研究基礎上，進一步的結合縱橫兩
向，全面處理篇章縱橫向結構的理論與現象，並疊合二者
作綜合考察。因此，收錄以上幾篇文章，除了可見個人學
術研究的發展軌跡外，亦可藉由方家學者們的考察角度，
點出論文中的一些重要信息。

　　除上列幾篇評介文章外，本書還附上王希杰、仇小

屏、陳佳君〈章法學對話〉一文。這篇論文發表於第二屆辭章章法學學術研討會，筆者有幸和學姐仇小屏（成功大學中文系副教授），一同與南京大學中文系王希杰教授進行學術對話。文中共針對十個辭章學研究的主題交流、請益，除了辭章章法學的定義、源流、發展、重要性、相關文獻、外在環境、研究者應有的治學態度外，其中亦不乏幾個十分重要的學術熱點，如顯性和潛性理論、零度與偏離、章法單位等，尤其對於「章法學的研究範圍」這個主題，更是值得關注，王教授特別提到了臺灣章法學研究一向往高度和深度探研，但也同時在一定程度上忽略了廣度，於是王教授主張應再就「更新語料」上用志，這就觸及到「辭章學的跨領域研究」了，並且也使辭章章法學更具未來的發展性。總的說來，在對談的過程中，著實獲益良多。

綜上所述，這部《別裁》即依據所收編之論文，規劃為五大部分：「緒編」先針對《篇章縱橫向結構論》總述全書之主要內容與研究發現，以作為《別裁》之立論基礎；接著以「上編」、「中編」和「下編」，處理有關上溯篇章縱橫向結構論之理論淵源、建立其體系與方法論原則，以及跨領域研究的論述，以使《別裁》一書之焦點集中、用意明確。「附編」則是「篇章縱橫向結構之相關評介」，收錄有〈章法學對話〉一文，和《虛實章法析論》、《辭章意象形成論》、《篇章縱橫向結構論》的內容摘要與評介文章。

感謝給予指導的師長們，以及支持、協助我研究與寫作的家人朋友們。謹以這部小書獻上由衷的敬意與謝意，並祈博雅不吝雅正。

陳佳君 謹序於閉關小書齋
2010.8

《篇章縱橫向結構論》主要內容

摘　要

　　篇章結構含「縱」、「橫」兩向，縱向結構是指由情、理、事、景，組成具有層次性的意象系統；橫向結構則是透過章法，聯句成節、聯節成段、聯段成篇所形成的邏輯條理。本文旨在總述《篇章縱橫向結構論》一書之主要內容與研究結果，以作為《篇章縱橫向結構論別裁》之立論基礎。在《篇章縱橫向結構論》中，研究者同時關顧篇章之縱橫向結構，首先，上溯哲學淵源，再爬梳相關學理，以奠定理論基礎。其次，分別鎖定意象與章法，探討縱向結構與橫向結構的主要內涵，並藉由分析各種語料，以為驗證。最後，疊合縱橫兩向，以展現完整的篇章結構。

關鍵詞
篇章結構、縱向結構、橫向結構、縱橫向疊合、意象、章法

一　前言

　　一般說到「結構」，很容易令人聯想到辭章作品在形式上的組織問題，但事實上，辭章家在文藝作品中所表達的情感意念和種種寫作素材，一樣會在首尾完足成有機整體的過程中，形成內容結構。這是由於透過個別意象所組合成的內容，和透過這種章法原則梳理而成的邏輯條理，會在文藝作品生成的同時，如經緯線般的相互依存，共同交織出有層次性、有系統性的篇章結構，前者屬於縱向結構，後者屬於橫向結構。這樣的辭章學原理，與劉勰的「情經辭緯」說和方苞的「義以為經，而法緯之」的義法論等，是一脈相承的。也就是因為篇章結構本就包括縱、橫兩向，故若捨棄任何一方，都無法審視完整的篇章結構風貌。有鑒於此，全面地探討篇章的縱橫向結構及其疊合的原理與現象，實至關重要。《篇章縱橫向結構論》一書，主要即在探討有關於篇章縱向結構與意象、橫向結構與章法，以及縱橫向結構疊合之理論與應用。

　　以下將總述《篇章縱橫向結構論》一書之主要內容與研究結果，以作為《篇章縱橫向結構論別裁》之立論基礎。

二 《篇章縱橫向結構論》的研究範疇

　　首先，就「篇章」的概念而言，辭章學的研究對象有字句與篇章的不同，所謂「篇章」，是指句子以上的辭章單位，含括章節、段落、全篇，因此不涉及研究字句的詞彙、辭格，或文法結構。其次，篇章的「縱向結構」是指在內容方面，由偏於「意」的「情」、「理」與偏於「象」的「事」、「景（物）」，分層組成的「意象系統」；「橫向結構」則是透過各種組織原理，如今昔、遠近、大小、賓主、正反、虛實、凡目、因果等，聯句成節、聯節成段、聯段成篇所形成的「章法結構」。《文心雕龍·情采》即提出「情者，文之經，辭者，理之緯。」[1] 之立文本源；方苞也在其著名的義法論中主張「義以為經，而法緯之」[2] 的觀點。可見，篇章的縱橫向結構論，與劉勰的「情經辭緯」說和方苞的義法論等相關文論，是一脈相承的[3]。

　　既然篇章結構是含縱橫兩向的，那麼欲辨明意象組合的層次系統或邏輯條理的組織關係，以完整呈現一篇文章在內容與形式結構上的特色，就需要同時關顧縱橫向結構。然而，縱橫向之間的關係何以如此密切，實乃由於縱

---

[1] 見劉勰著、范文瀾注《文心雕龍注》卷七，頁 538。

[2] 見方苞《方望溪全集》卷二，頁 29。

[3] 詳見《篇章縱橫向結構論》第二章第三節及本書《篇章縱橫向結構論別裁》「上編」的論述。

向結構是透過意象的層層連結而成，是讓辭章得以充實內容的要件（情經）；橫向結構則是使情意思想與物事材料能夠獲得安排與布置的橋樑（辭緯）。因此，要產生橫向結構，需要以縱向的意象為基礎；而縱向的內容要能組織成篇，則要依賴橫向結構的梳理，兩者在篇章結構中的重要性是缺一不可，而將篇章的雙向結構疊合考察，更是有其必要。

《篇章縱橫向結構論》之研究範疇乃在探討有關篇章縱向結構、橫向結構，和縱橫向結構疊合之「理論基礎」、「主要內涵」、「現象探析」。首先，上溯哲學淵源，並爬梳相關學理，以奠定理論基礎。其次，分別鎖定意象與章法，探討縱向結構與橫向結構的主要內涵，並藉由分析各種語料，以為驗證。最後，疊合縱橫兩向進行綜合研討。

書中在各章節所處理的面向，則有如下幾個項次：

首先是第一章的「緒論」，主要闡釋研究動機、研究範疇、研究方法與全書架構。

第二章為「縱橫向結構之理論基礎」，以作為整部論文之總指揮。

就縱向結構而言，在廣義意象學的定義中，「意」指源自主體的「情」與「理」，「象」指取自客體的「事」與「景」。由於這種主客體聯繫交融的意、象概念，淵源於《老子》、《周易》等古籍，因此本書第二章第一節即從《老子》的有無思想與《易傳》的象意概念，上溯縱向結

構與意象的哲學淵源。然後，由核心與外圍兩部分，釐定形成篇章縱向結構的成分，再針對主（意）客（象）之間之所以能相互契合的內部紐帶，處理意象連結的根本問題。

就橫向結構而言，由於辭章之橫向結構是以「陰陽二元對待」為哲理基礎，並對應於宇宙「多、二、一（0）」的自然規律，形成細緻、複雜、多變的邏輯系統，以反映出宇宙涵容萬物在時空歷程上的各種層次邏輯。因此，有關橫向結構之哲學淵源，將從二元對待關係和「多、二、一（0）」結構談起，接著從章法的包孕結構探索橫向結構的層次性。而篇章結構的縱橫兩向本就疊合，因此，除了分而觀之，也應合而論之，故本章第三節即透過《文心雕龍》的「情經辭緯」論，以見縱橫向結構論所承襲之源本與脈絡。接著，從辭章學的體系表，探究縱向的意象系統與橫向的章法結構在辭章學研究中的定位和關係。

第三章以兩節探討「縱橫向結構之主要內涵」，分別為「縱向結構與意象」與「橫向結構與章法」。在章節安排上，二、三章皆屬理論的建立，不同的是，第二章偏重源頭性的高層，第三章則是次層，也是由理論過渡到驗證部分的接榫。

在「縱向結構與意象」一節，由於意象有個別性與整體性兩大類，而本書所討論的範圍是「篇」與「章」，因此必須從個別意象擴大至整體意象，所需處理的是從「情意象與理意象」、「景意象與事意象」梳理個別意象之形成

成分，再從「一意多象」與「一象多義」探討個別意象的類型，然後透過考察核心情理（主旨）的安置與顯隱，來突顯個別意象如何藉主旨的統一作用，而形成整體意象。

在「橫向結構與章法」一節，先就秩序律、變化律、聯貫律、統一律，探討原則性的章法四大規律，再將三四十餘類的章法，統整為圖底家族、因果家族、虛實家族、映襯家族等章法四大家族，一一闡述所歸屬的章法類型和各族性之美感。

自第四章至第六章，乃基於前述之理論，用三大章去開展，主要是透過各種語料加以驗證，除了擴大縱橫向結構論的研究廣度外，亦呈現縱橫向結構在各種文藝創作活動中之現象與特色。其中，第四章為「縱向結構之現象探析」，舉例分析有關文學、電影、建築方面的意象經營及其美感效果。第五章為「橫向結構之現象探析」，從詩文、對聯、佛經、電影等各個不同的面向，探索存在於這些語料中的章法現象。第六章為「縱橫向結構疊合之類型」，上應於第二章第三節所論述的意象系統和章法結構，具體地結合縱橫兩向，作綜合觀察。本章將縱橫向結構疊合時所呈現的各種類型，區分為單一型疊合與複合型疊合。前者又分單情類型、單理類型、單事類型、單景類型；後者則有情景複合、理事複合與其他複合類型。為求廓清縱橫疊合之層次與條理，並簡明地呈現一篇辭章在內容與形式上呼應關係，本章亦分三個次第，配合縱向結構表、橫向結構表、縱橫向疊合之結構表進行綜合研討。

最後為第七章的「結論」，總結本研究較為重要的發現與成果。

三　《篇章縱橫向結構論》的研究成果

《篇章縱橫向結構論》初步建構了較為完整的篇章縱橫向結構的理論體系，並透過廣泛的語料作為驗證。書中除了探討「情」、「理」、「事」、「景（物）」所構成的縱向結構，以及由統合於「圖底」、「因果」、「虛實」、「映襯」四大家族中的各種章法，所形成的橫向結構外，亦透過具層級性的結構表，梳理意象系統與章法結構，使辭章之篇章結構得以疊合縱橫兩向，展現出內容結合形式的整體特色。透過本研究所獲得的成果，大致有以下四點[4]。

（一）建立縱橫向結構的理論體系

首先，在縱向結構方面，從《老子》的「道」、「有無相生」等思想，和《易傳》的「觀物取象」、「立象盡意」等概念，上溯意象理論的哲學淵源。然後，站在廣義意象學的立場，歸納出意象之形成，有核心成分（情、理）與外圍成分（事、景）的主從關係。接著，再借鑒格式塔心

---

[4] 本節乃據《篇章縱橫向結構論》之章節安排，依序簡述各章之研究結果與發現。其餘跨章節性之研究收穫，參見《篇章縱橫向結構論》第七章，頁 411-414。另可參酌本書《篇章縱橫向結構論別裁》「附編」之孟建安〈至高宏闊的視野，新穎可靠的結論——陳佳君《篇章縱橫向結構論》簡析〉及鍾玖英〈辭章學研究的新創獲——評陳佳君《篇章縱橫向結構論》〉二文。

理學的原理，尋出「意」與「象」之所以能連結與交融，就在於主與客、意與象之間「同構」，這所謂的「構」，就是存在於「情」、「理」、「事」、「景（物）」四大要素間，彼此能夠相互連結的一種內蘊力量，並且具有「個別與整體」、「顯露與隱藏」、「對比與調和」等特性。

其次，在橫向結構方面，同樣先就徹上的研究視角，提出：對應於宇宙自然規律的「二元對待」關係與「多、二、一（0）」螺旋結構，就是章法學的方法論原則。因為章法乃以二元對待關係為基礎，產生各種各樣的邏輯條理類型，如今昔法、遠近法、高低法、因果法、情景法、敘論法、凡目法、賓主法、正反法等。然其內在所構成的部件，並非僅只於平列式的關係，而是與「多、二、一（0）」螺旋結構密相結合，其中，「多」是指核心結構以外各層的所有其他結構；「二」是核心結構所形成的或陽剛（對比）、或陰柔（調和）之二元對待關係；至於「一」即是辭章作品的主旨，而「一」上的「0」，指的是辭章的風格、韻味、氣象、境界等抽象力量。接著，書中復從最源頭的「陰」、「陽」二元為哲學基礎，掌握層次邏輯中的包孕性，因為這種兩兩相待的關係，往往存在著「陰中有陽」或「陽中有陰」的包孕現象[5]。若落實於篇章結構，則會形成如剝筍般的層次邏輯，尤其以同一章法所構成的包孕結構最為特殊，如包孕結構中的「四虛實」

5　參見陳滿銘《意象學廣論》，頁231。

（「虛中虛」、「虛中實」、「實中實」、「實中虛」等結構）。

其三，從劉勰的「情經辭緯」說，探討縱橫向結構論與古典經緯文論一脈相承的理路。《文心雕龍・情采》主要是以織布的經緯線，來比喻文章的義旨材料與組織修飾等內容和形式的不可分割性，其所謂「情者，文之經」，即相應於篇章縱向的意象系統，而「辭者，理之緯」則是就橫向結構來說的。接著，透過辭章學體系圖表，針對縱向的意象系統與橫向的章法結構，界定它們的學科定位、緊密的關聯性和疊合審視之必要性，並總結出：篇章結構的研究需要結合形象思維中的意象形成（縱向）與邏輯思維中的意象組織（橫向），才能較全面性的體現辭章作品在內容與條理上的特色。這是由於縱向結構是讓辭章得以有血有肉的條件，橫向結構則是作者的情意思想與物事材料能夠獲得安排與布置的理路。

（二）統整縱橫向結構的研究對象

由於意象有廣狹之別，而在縱向結構中的意象系統，是整體含個別的，其中，廣義之「整體意象」是就辭章的全篇而言，通常可以析為「意」與「象」兩個概念，其研究對象包含全篇最核心之主旨，及其統合自個別意象的整體意象群。而狹義之「個別意象」則屬於局部，往往將「意」與「象」合稱，但其中又存在著「一意多象」、「一象多意」的偏義現象。故在「縱向結構與意象」一節中，即就「個別意象」與「整體意象」，釐清篇章縱向結構的

研究面向。

　　「個別意象」牽涉到「情意象」、「理意象」、「景意象」、「事意象」的界定與分類的問題，以及「一意多象」與「一象多意」兩大互動模式，因為「意」與「象」之間，並非一對一的對應，對此，書中即分別藉由思鄉意象（傷懷之意）、閒適意象（澹然之意），以及流水意象（自然物象）、入夢意象（虛構事象）探討辭章意象的偏義現象。

　　「整體意象」則是由核心的「意」，也就是章旨或篇旨（主旨），將個別意象統一成整體性的意象群。因此，探究整體意象即牽涉到意象如何統合的問題，而這也就會指向貫串起所有個別意象，並統一起所有情、理、事、景等內容的「主旨」。對於探索主旨之表出及其如何縮合辭章意象為整體的問題，本書即針對主旨的安置與顯隱等方面來考察，包括安置於「篇首」、「篇腹」、「篇末」與「篇外」，以及「全顯」、「全隱」或「顯中有隱」等不同的藝術技巧，且每一種形態也都有其作用和美感效果。

　　由於辭章的「橫向結構」是藉由辭章家邏輯思維的運作，透過各種對應於宇宙萬事萬物中存在的二元對待關係所形成的「章法類型」，將「縱向結構」中的情、理、事、景（物）等內容、材料，以符合「章法規律」的原則，做最妥善的安排與布局。因此，在「橫向結構與章法」一節中，就統整出橫向結構的「章法規律」與「章法類型」兩大主要內涵。

　　「章法規律」是指秩序律、變化律、聯貫律、統一律，在這四大原理中，「秩序律」、「變化律」、「聯貫律」三者，主要就材料運用而言，著重於分析，前兩者探討結構的順逆模式，後者突顯呼應的效果；「統一律」則主要就情意思想的抒發來說，重在統整通貫。

　　此外，目前已經發現和確立的「章法類型」，約有近四十種，即：今昔、久暫、遠近、內外、高低、大小、視角變換、知覺轉換、狀態變化、本末、淺深、因果、眾寡、並列、情景、敘論、泛具、凡目、詳略、虛實（時間、空間、時空交錯、設想與事實、願望與實際、夢境與現實、虛構與真實）、賓主、正反、立破、抑揚、問答、平側、縱收、張弛[6]、偏全、點染、天人、圖底、敲擊[7]……等。每種單一的章法，皆有其個別的「特性」（異），因此有它們獨立存在的必要，以適應千變萬化的辭章作品。然而，一個具有科學化和系統性的學科研究，還應兼顧「往上融貫提升」的整合[8]，因此，書中亦就其「共性」（同），化繁為簡，依其「族性」，分為圖底、因果、虛實、映襯四大章法家族，除歸納出各種章法類型的主要內涵外，也理清各章法家族的共性及美感。首先是就時空章法而言，其族性為具有背景與焦點關係的「圖底家

6　以上章法之定義及例證，見陳滿銘《章法學新裁》、仇小屏《篇章結構類型論》及拙作《虛實章法析論》。

7　以上五種章法之定義及例證，見陳滿銘《章法學論粹》〈論幾種特殊的章法〉，頁68-112。

8　見陳滿銘《章法學新裁》〈卻顧所來徑──代序〉，頁10。

族」，由於「圖」會在「底」的烘托之下突顯出來，故它在美感上的最大特點，即為立體美；其次是與事（情）理的展演相關，且含有廣義因果關係的「因果家族」，在運用時，則特別會產生較強烈的層次美；再次則是以虛實特性所構成的「虛實家族」，其最大的美感特點，就在於虛與實之間的變化美，並進而達到虛實的和諧統一；最後是透過內容材料間相互映襯的作用，來表現情意的「映襯家族」，而此章法家族的美感特色，也就在於映襯美。

（三）擴大篇章結構分析的研究語料

近年來，辭章學的研究持續往深度和廣度努力。深度方面，已從哲學、美學的領域，上溯理論淵源，尋繹美感效果，以提升學術高度。本專著則在廣度方面特別著力，在第四章和第五章進行縱橫向結構之現象探析時，除了以傳統古典詩詞散文為研究對象外，並將研究語料開拓到對聯、佛經、新詩、極短篇、電影的橫向結構，以及電影裡的角色、物材、音樂意象和建築的空間符碼等。

以縱向結構的研究而言，創作者的內在之「意」會透過某種媒介（構），與外在的「象」產生連結，並且透過各種文藝載體去表現意象經營之種種，尤其是文學意象之研究，向來受到學界高度的關注，並且也取得十分豐碩的研究成果，尤其是詩歌意象、個別意象、自然物象方面[9]。

---

9 有關近期意象學研究之文獻探討，參見拙作《辭章意象形成論》，頁 3-5。

然而，電影之編導者也常會透過材料的選擇和運用，以推動劇情的發展與主旨的表達。影評家納波尼（Jean Narboni）即主張：片中的一切東西、風景、世界表象、旁人臉孔等，無一不是符號[10]，而這些符號的背後，往往都藏有某種特殊的意義[11]。再就建築意象來說，中國傳統建築是一套充滿文化意義的意象標誌，無論是微細的裝飾、圖樣，或大型的構件、量體與空間配置等，都蘊含了豐富的象徵意義[12]。可以說，在建築之物象與寓意之間所聯繫起來的微妙關係中，建立了獨特的空間符號，並且也在不斷的編碼與解碼的過程中，體現出建築的意象美。

以橫向結構的研究而言，由於日常生活中各種形式的話語活動、辭章與文藝作品，無不講究邏輯條理，因此，除了傳統古典詩詞散文，橫向結構的研究範疇實可擴大其適用面。除古典詩文外，研究發現，對聯是奠基於中國文字的特殊性而產生的一種獨具特色的文體，最鮮明的性質即是字數、詞性、平仄等條件的對稱性，但對於長聯而言，透過章法，更能有助於掌握上下聯及其細部內容的條

---

10 參見 Jacques Aumont、Michel Marie 著、吳珮慈譯《當代電影分析方法論》，頁53。

11 范衛東表示：幾個客觀的事象或物象，按一定的組合關係呈現在讀者面前，讀者可以從這些組合中，領會到作者隱藏在這些事象或物象背後的主觀意圖和感情色彩。參見王長俊主編《詩歌意象學》，頁214-215。

12 見孫全文、王銘鴻《中國建築空間與形式之符號意義》，頁3。又王振復表示：建築空間形象通常帶有抽象意蘊，運用一系列建築「語匯」，寄寓人類的心理情緒、觀念和意向，因此建築形象是一種「有意味的形式」。參見《建築美學》，頁21-26。

理關係。針對佛經典籍而言，佛法教義的宣說與闡述，原就有科判的傳統，科判能幫助講述者與聽聞者析出經典的段落，而藉由章法，則可進一步由內容大意呈顯出全篇與節段之間的邏輯結構。此外，電影也講求敘事結構，借鑒章法學的理論來進行分析，亦有助於理清影片的情節發展，與各段落間的組織關係。

總體而言，擴大語料的縱橫向結構現象探析，表現出辭章理論具有普遍性，由此亦可印證「人同此心，心同此理」的道理，契合宇宙規律與人心的原理原則，能適應於各種文藝現象。

（四）發現篇章縱橫向結構疊合的意義

在這部專著的第六章中，歸納了縱橫向結構疊合的兩種基本類型——單一型與複合型。前者有單情類型、單理類型、單事類型、單景類型等。若結合章法來看，即分屬虛實法中的「全實」（事或景）或「全虛」（情或理）；後者包括情景複合類型、理事複合類型，及其他各種情、理、事、景的複合類型。若轉就章法而言，則形成情景法、敘論法、泛具法等。而具體的作法是藉由結構分析表的輔助，先由辭章的內容，也就是核心的「意」（情意象、理意象）與外圍之「象」（事意象、景意象），梳理出具有層次性的大小意象系統；再藉著掌握這些內容的深層條理，探究這些個別意象透過哪些章法，組織成篇；最後再將兩者疊合，以見篇章縱橫向結構之相互呼應之情形。

篇章縱橫向結構的疊合，具有兩大意義。其一是在結構分析表上同時呈現橫向的章法單元與縱向的意象層級，其二是指意象屬性與章法類型之間的對應。以第一個意義而言，從本書之探討可以理解，沒有縱向的內容，即無法形成橫向的結構；而沒有章法，則無法理清大小意象之間的條理關係。可見辭章之縱橫向結構，存在著相當密切的連結性。因此，當意象系統與章法結構，在結構表中疊合為一時，能較為完整地展現辭章縱向與橫向的結構特色。再以第二個意義而言，由於縱橫兩者本具有密切的聯繫，因此「情」、「理」、「事」、「景」等成分，無論在篇章中是以單一或複合的模式成篇，都有相應的章法類型，如虛實法、情景法、敘論法、泛具法等。

四　結語

縱向結構是透過意象層層連結而成，是讓辭章內容得以形成與充實的要素；橫向結構則是使情意思想與物事材料能夠獲得安排與布置的橋樑。因此，要產生橫向結構，需要以縱向的意象為基礎；而欲理清大小意象系統之間的條理關係，則需依賴橫向的章法來梳理。透過《篇章縱橫向結構論》一書的探討，確實能突顯辭章意象系統與章法結構之特色與關係，從而展現較為完整的篇章結構。惟因這部專著的研究對象，跨越了意象學與章法學等關於內容與形式的諸多層面，體系龐大，雖初步獲致上述的諸多研

究成果，但仍有許多值得再開拓或再深入追索的空間，因此，《別裁》將以《篇章縱橫向結構論》為基礎，在下文的三大章節中，進一步研析關於篇章縱橫向結構論的幾個根本問題[13]。

---

13 詳見本書《篇章縱橫向結構論別裁》〈自序〉中之說明。

參考文獻

中文參考文獻

仇小屏《篇章結構類型論》，臺北：萬卷樓圖書有限公司，
　2000.2。

王長俊主編《詩歌意象學》，合肥：安徽文藝出版社，2000.8。

王振復《建築美學》，臺北：地景出版社，1993.2。

方苞《方望溪全集》，臺北：世界書局，1965 再版。

孫全文、王銘鴻《中國建築空間與形式之符號意義》，臺北：明
　文出版社，1989.12 再版。

陳佳君《虛實章法析論》，臺北：文津出版社，2002.11。

陳佳君《辭章意象形成論》，臺北：萬卷樓圖書有限公司，
　2005.7。

陳佳君《篇章縱橫向結構論》，臺北：文津出版社，2008.7。

陳滿銘《章法學新裁》，臺北：萬卷樓圖書有限公司，2001.1。

陳滿銘《章法學論粹》，臺北：萬卷樓圖書有限公司，2002.7。

陳滿銘《意象學廣論》，臺北：萬卷樓圖書有限公司，2006.11。

劉勰著、范文瀾注《文心雕龍注》，臺北：學海出版社，1991.12
　再版。

英譯參考文獻

Jacques Aumont、Michel Marie 著、吳珮慈譯《當代電影分析方
　法論》，臺北：遠流出版社，1996.1。

上 編

劉勰經緯觀
與篇章縱橫向結構論

摘 要

　　篇章結構包含縱向結構與橫向結構，前者是指由情、理、事、景，組成具有層次性的意象系統；後者則是透過章法，聯句成節、聯節成段、聯段成篇所形成的邏輯條理。雖然一偏向內容，一偏向形式，且各具主要內涵，但亦關係密切，因此疊合兩向，才能完整呈現篇章結構的風貌。本編即著眼於此，上溯《文心雕龍》〈情采〉，從「情采並重」與「情經辭緯」的文學觀，尋繹篇章縱橫向結構論的理論淵源，考察縱橫雙向結構對經緯論之承繼與發揮。

關鍵詞

情采、情經辭緯、篇章縱橫向結構、意象、章法

一　前言

　　一般說來，辭章的篇章結構，含縱、橫兩向，其中，縱向結構是由「情」、「理」等在意象形成中的偏於「意」的成分，以及「事」、「景」等偏於「象」之成分所組成，它所涉及的是辭章的內容；而橫向結構則是存在於辭章內容深層的邏輯條理，是將種種內容統合成整體的組織形式，也就是章法。

　　本文所欲考察的研究對象，即是結合篇章縱向的意象系統與橫向的章法結構。從劉勰《文心雕龍》之「情經辭緯」觀和其他相關文論，探討篇章縱橫向結構論的理論淵源，並實際透過辭章作品的分析，釐清縱向、橫向，及縱橫向疊合的主要研究內涵與作用，考察篇章縱橫向結構論對「情經辭緯」論的承繼與發揮。

二　劉勰「情經辭緯」文學觀

　　「言有物」、「言有序」一直是創作或鑒賞之根本要項。在辭章成篇的過程中，由於內容需藉由形式得到安置，形式需依賴內容以為表現之基礎，因此，歷來有許多文學理論皆提出內容與形式就是文章得以成形的兩大要件。梁朝劉勰所作之《文心雕龍》由卷六到卷九皆屬「文術論」，其中就論述了辭章內容與形式的辯證與統一。蔡

宗陽認為，《文心雕龍》的文術論，可以「剖情析采」四字為立論主幹，由〈神思〉至〈總術〉，皆論「情采並重」，而且這樣的文學觀點又是上承孔子「質勝文則野，文勝質則史，文質彬彬，然後君子。」的文質並重論[1]。

在「剖情」方面的相關論述，可見於〈神思〉、〈體性〉、〈風骨〉、〈通變〉、〈定勢〉等。劉勰主張是由於創作者內情與客觀外境交融而後文章始能成形。《文心雕龍》〈神思〉：

> 獨照之匠，闚意象而運斤。

此意象指作家進行藝術構思時，經思維作用所提煉之意識中的想像[2]。意象的形成正是來自於主客體的互動與交融。〈體性〉篇裡即寫道：

> 夫情動而言形，理發而文見；蓋沿隱以至顯，因內而符外者也。

又，〈神思〉：

> 故思理為妙，神與物遊。神居胸臆，而志氣統其關鍵；物沿耳目，而辭令管其樞機。

---

1 參見蔡宗陽《文心雕龍探賾》，頁8。
2 參見王更生《文心雕龍讀本》下篇，頁1-18；及沈謙《文學概論》，頁142-164。

情理是隱藏於內在的，當作家受到外在事物的激盪與引發，就會將某種內隱的思想感情，行之於文辭，化為文學作品之內容。〈物色〉篇也提到：「情以物遷，辭以情發。」此所謂「內情」與「外境」，說的就是「意」（情、理）與「象」（物、事）的連結，這正是形成文章內容的重要成分。

其次，在「析采」方面的闡述，包含〈情采〉、〈鎔裁〉、〈鍊字〉、〈章句〉、〈附會〉、〈麗辭〉、〈聲律〉、〈比興〉、〈夸飾〉、〈事類〉、〈隱秀〉、〈指瑕〉等，雖其討論範圍含括文法、聲律、對偶、事類（用典）、鎔意、裁辭、體裁、結構等，但若鎖定篇章結構而言，劉勰則在〈章句〉中有重要的闡述：

> 夫人之立言，因字而生句，積句而為章，積章而成篇。篇之彪炳，章無疵也；章之明靡，句無玷也；句之清英，字不妄也；振本而末從，知一而萬畢矣。

其中就涉及了從字、句到章、篇，如何連結與組織以成文，這是偏向於辭章形式的研究範疇，把成形於情、理、事、景（物）的意象，加以組織與安排是十分重要的辭章生成步驟，正如〈情采〉：「設模以位理。」說的就是辭章家於行文之際，需設立好篇章模式，以安排、布置所欲表達的情思與意象。

　　另外，張少康則是從〈宗經〉篇去解釋劉勰如何分析辭章內容與形式構成的諸因素。〈宗經〉：

> 故文能宗經，體有六義：一則情深而不詭，二則風清而不雜，三則事信而不誕，四則義直而不回，五則體約而不蕪，六則文麗而不淫。

張少康認為，在「六義」之中，與辭章內容相關者為前四項，後兩項則是講文學作品的形式要求。就前四者而言，包含情、風、事、義，情是作家體現在作品中的感情，風是其精神風貌特徵，事說的是文學作品所描寫的客觀事物和現實內容，義是這種客觀事物、現實內容所包含的意義。就後兩者而言，則牽涉到組織結構與辭藻運用兩方面[3]。從這裡亦可總結出與篇章縱向內容（含「意」之情意思想與「象」之物事材料）和橫向組織有關的研究對象，乃在意象形成與謀篇法度。

　　那麼，談到內容與形式的關係時，劉勰在《文心雕龍》中則以「情經辭緯」的立文總綱來論述。〈情采〉中所闡釋的道理，乃在指出：文之所以能成章，不外乎「情」與「采」兩大要素，而兩者又是以經緯線的關係，交織成文的。劉勰提出：

3　參見張少康《文心雕龍新探》，頁 161-163。

> 情者,文之經,辭者,理之緯;經正而後緯成,理
> 定而後辭暢,此立文之本源也。

此以織布的經緯線,比喻文章的義旨材料與組織修飾等內
容和形式的關係。這裡所說的「情」是作者表現在辭章中
的真情實性,是如同經線般的主要內容;「辭」則與運
材、措辭等如同緯線般的形式議題有關。王更生解釋道:
作者聯辭結采的目的在於表情達意,〈情采〉篇以女工織
布為例,說明「情」如文章的經線,「辭」如文章的緯
線,只有先將經線架設妥當後,緯線才能穿梭成布。同
理,人之為文,也是以立意為先,意定而後舒布辭藻,才
能辭暢意達,寫出理想的作品[4]。牟世金也說:

> 「經」、「緯」之喻是相當確切的,它不僅說明文學
> 創作必先「經正」,然後才能「緯成」的道理,且
> 突出了文學創作的中心是「情」、「理」。「文」、
> 「采」雖不可無,卻是根據「情」、「理」所確立的
> 「經」而織的「緯」,故形式必服從於內容。[5]

張少康同樣從〈情采〉的經緯之喻,闡述內容與形式的主
從關係:

---

4 參見王更生《文心雕龍讀本》下篇頁 86、上篇頁 28。
5 見牟世金《《文心雕龍》研究》,頁 415-416。

> 內容是經，辭采是緯，總是要先有經，然後有緯，
> 作為內容的理確立之後，然後文辭的運用才有了依
> 據。這裡內容和形式的主從關係是非常清楚的，也
> 是不容顛倒的。[6]

文學作品非經緯相織而無法成篇，其中的主次關係雖是以
內容為主，但正如〈原道〉：「形立則章成矣，聲發則文生
矣。」事物的外形是由內質的特性決定的，有其物就必有
其相應的形式，所以，沒有相應的形式，亦難表現事物的
內質[7]。可以說，「情」與「采」有經緯關係，並且也相互
依存。

此外，〈鎔裁〉篇裡談到文章生成過程的主從本末
時，也觸及了「情」、「事」、「辭」的本末先後問題：

> 履端於始，則設情以位體；舉正於中，則酌事以取
> 類；歸餘於終，則撮辭以舉要。

為文的步驟應先求立意，然後再選擇適當的寫作材料，最
後才是修飾的形式問題。這樣的論述，實與〈情采〉以內
容為經、以形式為緯的文學觀點是一致的。

---

6 見張少康《文心雕龍新探》，頁 166。

7 參見牟世金《《文心雕龍》研究》，頁 412-414。王義良也表示：「事物的文采，要
  依附在一定的本質實體上，始能顯現在外；事物的本質內容，也有待一定的文采
  來表現，始能被區別、認識，此即〈情采〉所謂『文附質』、『質待文』之意。」
  見《文心雕龍》文學創作論與批評論探微》，頁 8。

　　質言之，臨文之際，若能先將如經線般的內容確立妥當，緊接著以如緯線般的邏輯條理加以組織，即能成篇，此即《文心雕龍》裡所揭示的「情經辭緯」、「情采並重」的文學觀點。然而，除了從創作的角度而言，「情經辭緯」論有著重要的指導意義外。同樣地，在解讀與賞析文學作品時，關乎內容的情意思想和所運用的物事材料，以及內容如何聯節成段、聯段成篇等偏向形式的條理關係，也是需要以經緯交織的視角來探求的。

三　經緯文論之發展

　　自劉勰提出「情經辭緯」論之後，歷來有許多文論學家亦從這個角度，探索辭章內容與形式的關係。

　　方苞所主張之「義法論」，可推源於「情經辭緯」之文學理則。他在〈又書貨殖列傳後〉中指出：

> 《春秋》之制義法，自太史公發之，而後之深於文者亦具焉。義即《易》之所謂「言有物」也，法即《易》之所謂「言有序」也。義以為經，而法緯之，然後為成體之文。[8]

文章所講求的即是「言有物」與「言有序」。前者是文章

8　見方苞《方望溪全集》卷二，頁29。

的內質，為「義」；後者為文章的表現方式，為「法」。當表情達意等充實的內容（義）與合乎事理展演之秩序條理（法），形成經緯線關係，即交織成文。由此可見，方苞所主張的「義以為經，而法緯之。」的理論，乃上承劉勰的「情經辭緯」觀點。

陳澧所提出的辭章「倫脊說」，也與「情經辭緯」論相關。他在〈復黃芑香書〉一文中闡述：

> 惟昔時讀小雅有倫有脊之語，嘗告山舍學者，此即作文之法。……倫者今日老生常談所謂層次也，脊者所謂主意也。……有意矣，而或不只有一意，則必有所主；猶人身不只一骨，而脊骨為之主，此所謂有脊也。意不只一意，而言之何者當先，何者當後，則必有倫次。即只此一意，而一言不能盡意，則其淺深本末，又必有倫次，而後此一意可明也。[9]

他以「倫」與「脊」分別表示文學作品的「層次」與「主意」，事實上正對應於辭章的層次邏輯和核心情理，前屬條理結構，後為情意思想。以「意」來看，一篇文章「或不只有一意」，說的便是內容中的各節章旨，但無論如何，這些內容必須統一於一個主旨底下，如同人之脊骨。

---

9 見陳澧《東塾集》卷四，頁 266-267。

以「倫次」而言，對於辭章中紛紜的內容，應妥善安排何者當先、何者當後的倫次，當其淺深本末等條理疏通後，才能讓核心的情意思想顯豁。由此看來，陳澧所提出的「倫」與「脊」，正與篇章縱、橫向結構所關涉的章法結構與內容意象合拍。

現代辭章學家也同樣注意到篇章內容與形式的經緯關係。

葉聖陶的文章論十分重視「組織」的問題，但是他所強調文章結構，都是從內容出發的。例如《作文論》所說：

> 我們內蓄情思，往往於一剎那間感其全體。而文字必須一字一句連續而下，彷彿一條線索，直到寫作終篇，才會顯示出全體。又，蓄於中的情思，往往有累複、凌亂等等情形。而形諸文字，必須不多不少、有條有理才行。[10]

內蓄之情思需要靠文字表現出來，在這些情思內容即將成篇的過程中，又不得不留意安排與組織，才能使文章有條理的形成整體，由此不難發現，其論述重點就在於內容（內蓄情思）與形式（條理）的緊密結合。又如《文心》：

---

10 見葉聖陶《作文論》，頁21。

> 凡自成一個單位的意思或情感，無論用言語或者文字來發表，就必得講究組織。講究了組織，發表出來的才是個健全的單位，能使聽者和讀者滿意，同時也使發表者自己感到快適，他正發表了他所要發表的。[11]

所謂「自成一個單位的意思、情感」是縱向的內容層面，而「組織」就是橫向的章法結構。葉聖陶在這段話中，主張發表者心中先有欲表達之意（經線），為了使作品健全，並使作家與讀者兩端，都能獲得滿足和溝通之目的，所以必須講究組織（緯線）。曾祥芹、張復琮就說：「顯然，葉聖陶是從內容出發來談論『文章的組織』的。」[12] 關於內容與形式的相互依存關係，葉聖陶更提出了以下的重要觀點：

> 一篇文章的寫成，最要緊的自然是「說些什麼」。這是所謂內容。有什麼可說了，最要緊的是「怎樣把它著手組織」。這好像屬於形式的問題，但實際上卻並非可以這樣判然劃分的。組織得適當，內容就見得完滿、充實；組織得不適當，甚而至於沒有組織，那就影響到內容，使它不成一件東西。所

---

11 見夏丏尊、葉聖陶《文心》，頁 237。
12 見曾祥芹、張復琮〈論葉聖陶的文章組織觀〉，《開封教育學院學報》1988 年第一期，頁 17。

以，內容靠著組織而完成，組織也就是內容的一部分。[13]

如此強調先內容後組織，並以不割斷的、統一的視點來看待內容與形式，可以說就是上承《文心雕龍》經緯觀而來的。曾祥芹就曾引〈情采〉評述道：「內容和形式的統一，就像經緯相織，必須先經後緯，以緯配經，經正而後緯成，這也是章法的根本。」[14]點明了內容與形式的經緯關係。

賈文昭於其所主編的《中國古代文論類編》中，特別在「創作論」的章節，總結了古代文論關於內容與形式之論述，他表示：

作為文學形式的構成因素就是文、辭或語、言，作為文學內容的構成因素就是情、意、理、質、事、物。[15]

他分別總括出文學形式與內容的各種構成因素。歸納而言，辭章學本應處理好語言藝術形式和話語內容（物、事、理、情、意、旨）兩大方面。鄭頤壽就在《辭章學辭典》中，以「辭」（形式）與「意」（內容）統合上述的各

---

13 見夏丏尊、葉聖陶《文心》，頁242。
14 見曾祥芹《現代文章學引論》，頁351。
15 見賈文昭主編《中國古代文論類編》，頁1-2。

種構成因素[16]。值得進一步討論的是，在「辭」（形式）與「意」（內容）之間，應歸本於「意」，唯雖說需「以意為主」（情為經），也當「以辭傳意」（辭為緯），才能達到「辭意相成」之境。

王希杰在〈章法學門外閑談〉，則標舉出文章存在著「內容結構」與「形式結構」的現象。專文中說：

> 文章是內容和形式的統一體。章法是文章內容的形式結構方式，這一方式一定要通過形式來體現出來。文章的結構方式似乎有兩個方面：（一）內容（材料）的結構方式。（二）形式（語言）的結構方式。[17]

文章既是內容結構和形式結構之統一體，兩者之間當是有密切的聯繫。文中亦舉了「下雨」和「無法前往」的語料為例，這兩個事材構成了某段話語的內容，其間又存在因果關係，無論是透過語序或是關聯詞語，如「因為」、「所以」等，都能形成以因果章法為主的語言條理。然而，早在一九八三年出版的《漢語修辭學》中，王教授已在談

---

16 參見鄭頤壽《辭章學辭典》及〈從「章法辭章學」登上「篇章辭章學」的寶座——讀陳滿銘教授的《篇章辭章學》〉，《陳滿銘教授七秩榮退誌慶論文集》，頁429。

17 見王希杰〈章法學門外閑談〉，原發表於《國文天地》18 卷 5 期，2002.10，及《平頂山師專學報》18 卷 3 期，2003.6，後收於仇小屏等編《陳滿銘與辭章法學——陳滿銘辭章章法學術思想論集》，頁24。

「結構」的章節裡，主張由詞組成句子、由句子組成文章，有縱式與橫式的結構規則[18]。雖然這個理論主要是針對句子、句群、或段落的語序自由度而論，但也揭示出辭章是講究結構的事實。不過，專書中所談的「話語銜接」，則與篇章縱橫向結構有關。書中闡述道：

> 形式銜接，就是利用一定的形式標誌把句子、段落組合成為一個整體。
>
> 意義銜接，就是靠所表達的內容的內部邏輯關係把句子、句群、段落組合成為一個整體。[19]

「銜接」所關注的議題，就是辭章的各個部分如何產生關係、聯貫起來、組成結構、形成整體。其中，所謂「形式銜接」即與橫向結構有關；「意義銜接」則與縱向結構有關。接著，王教授舉白居易〈勤政樓西老柳〉一詩為例說明之[20]。詩云：

> 半朽臨風樹，多情立馬人。開元一枝柳，長慶二年春。

---

18 參見王希杰《漢語修辭學》（修訂本），頁204-214。

19 見王希杰《漢語修辭學》（修訂本），頁238。

20 有關白居易〈勤政樓西老柳〉之分析，參見王希杰《漢語修辭學》（修訂本），頁238。

他解釋道：四個句子乍看似乎沒有明顯的「形式標誌」，但仔細分析後，會發現它是以賓主、今昔等關係組織起來的。其意指：寫柳樹者，為「賓」，寫立馬之人，則為「主」；植柳的開元年間，其時間點為「昔」，當下的長慶二年春天，為「今」。這些存在於內部的賓主、今昔等邏輯關係，就是章法結構。其次，王教授又說明：柳樹是開元年間栽種的，直到長慶二年春，早已「半朽」，這「半朽臨風樹」是「立馬人」的喻體，也就是說，長慶二年春天的立馬人，借景物（從開元年間到長慶二年春的半朽臨風樹）來抒發自己的感慨。而這就營構出詩中獨特的、與詩人情意結合的柳意象，形成縱向結構。由此也證明了縱向與橫向的篇章結構是普遍存在的辭章原理。

四　篇章縱橫向結構與「情經辭緯」理論

（一）辭章結構概念

　　所謂辭章的結構，指的是組合內容與組織形式的現象和形態，它通常包括「字句」與「篇章」兩大層面[21]。若就字、句而言，往往涉及文法、辭格，以及文字、聲韻、訓詁等領域，屬於修辭學、文法學等學科的範疇；如就章、篇而言，即為篇章結構，屬於意象學、章法學等學科

---

21 劉勰《文心雕龍》〈章句〉：「夫人之立言，因字而生句，積句而為章，積章而成篇。」又，陳滿銘：「所謂的結構，指的是組織內容與形式的一種型態，通常包括字、句、篇、章四種。」見《章法學新裁》，頁391。

的範疇。

　　以辭章的「篇章結構」這個研究範疇來說，又包含著縱與橫兩大面向。如就縱向的內容而言，指的就是辭章的內容（意象）結構；若就橫向的形式來說，即辭章的形式（章法）結構。陳滿銘《章法學新裁》曾對此闡述道：

> 文章的篇章結構，含縱、橫兩向。其中縱向的結構，由內容，也就是情、理、景、事等組成；而橫向的結構，則由形式，也就是各種章法，如今昔、遠近、大小、本末、賓主、正反、虛實、凡目、因果、抑揚、平側……等組成。[22]

可見，縱向結構主要是指辭章作品中有關「情」、「理」、「事」、「景（物）」等成分本身。其中，無論是情、理之思想情意，或事、景之寫作材料，辭章的「縱向」部分所關聯的是辭章作品的內容層面。所以辭章的縱向結構，也稱為內容結構。而內容之所以能形成所謂的結構，乃因辭章作品中所抒發情感或思想（意），以及用以幫助表達旨意的種種物事材料（象），都會由小的、個別性的意象，逐步聯繫成大的整體意象，以統合成篇，這種具有層級性的大小意象，就會組成文學作品中獨特而又彼此照應的意象系統。

22　見陳滿銘《章法學新裁》，頁 553。

其次，橫向結構則是涉及到邏輯思維與組織關係的形式結構，是指立足在秩序、變化、聯貫、統一的四大原則下[23]，以進行謀篇布局的各種方法，如正反、賓主、因果、虛實、今昔、遠近等章法類型，而這種邏輯組織是來自辭章作品內容的深層條理。因此，當它落實到實際的文學作品去掘發時，就會呈現出千姿百態的結構關係與組織風貌，而當辭章家從多樣的辭章章法現象中分析，亦同樣能建構起具系統性的章法原則。

綜上所述，辭章正是由形式構成篇章的橫向結構，並由內容形成其縱向結構的。它們的關係，大致可列表如下：

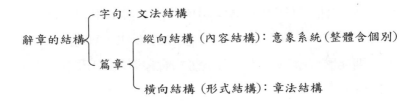

若以縱橫向結構的主要研究內涵而言，則可由表中歸納出：辭章是由縱向的「意象系統」（整體含個別）與橫向的「章法結構」，共同構成經緯交織的「篇章結構」。

---

23 有關章法四大律之理論，參見陳滿銘《章法學新裁》，頁21-53、319-360。

（二）縱橫向結構與「情經辭緯」論的關係

篇章縱橫向結構論與《文心雕龍》〈情采〉文學觀的承繼關係，可以從兩個層面來看待，一是「情采並重」，一是「情經辭緯」。

首先，就「情采並重」的角度而言，〈情采〉主要就是在說明「情」與「采」在文學創作中不可偏廢，都有其重要性[24]。而就篇章縱橫向的研究來檢視，無論或詩或文、或古或今的哪一類辭章，欲審視其篇章結構，都會牽涉到縱、橫向的問題。簡言之，透過對應於自然規律的各種二元關係，如遠近、今昔、本末、賓主、正反、虛實、因果、凡目……等，能助以理清內容材料之間的邏輯條理，所突顯的是篇章的橫向關係；辨明辭章中的「情」、「理」、「事」、「景（物）」等意象之形成、連結、層次等，則能展現辭章由個別而整體的意象系統，所關注的是縱向關係。

既然從內容方面說，一篇辭章離不開「情」、「理」、「事」、「景（物）」等內容四大成分，那麼單靠這些意象形成分就能構成屬於內容的結構，但由於這樣的內容結構只注意到縱向，而忽略了橫向的形式，自然會因為看不出

---

24 參見牟世金《〈文心雕龍〉研究》，頁 411。又，王義良也指出：《文心雕龍》的文學思想之一，即是「情采並重的文學觀」，主張內質與形式不可偏勝的觀點。參見《〈文心雕龍〉文學創作論與批評論探微》，頁 14。此外，張少康也持同樣見解。參見《文心雕龍新探》，頁 160。

個別意象之間是如何層層組織起來的，而顯得不夠精善。如果僅就章法，如遠近、大小、深淺、賓主、虛實、正反、縱收、因果……等著眼，則只能呈現橫向的邏輯架構，而看不到形成此條理的內容。所以，篇章縱橫向結構的研究承襲《文心雕龍》的「情采並重」觀，非常重視疊合縱、橫兩向結構以進行探析。

進一步地說，縱向結構乃透過意象層層連結而成，是讓辭章內容得以形成與充實的要素；橫向結構則是使情意思想與物事材料能夠獲得安排與布置的橋樑。兩者雖各有所屬的研究面向，但又關係緊密，因為在篇章結構中如果沒有縱向的內容，便無法形成橫向的結構；而沒有章法，則更無法理清大小意象之間的條理關係[25]。事實上，在形成內容的種種個別意象之間，內部本就存在著形式上的層次，而組成整體性的意象系統；偏於形式的章法結構，也是離不開內容的，所以，唯有疊合縱、橫向而為一，才能完整地突顯一篇辭章作品在篇章結構的特色。

其次，就「情經辭緯」的關係論而言，篇章結構中的「縱」與「橫」，實源自中國古典文學的「經」、「緯」觀點，最早即是體現在《文心雕龍》〈情采〉中「情者，文之經，辭者，理之緯。」的立文本源。

---

25 鄭頤壽指出，「法」（章法、篇法、結構）是用來表現「意」（內容）的「藝術形式」，沒有這些「形式」，「意」就失去了載體。參見〈從「章法辭章學」登上「篇章辭章學」的寶座──讀陳滿銘教授的《篇章辭章學》〉，《陳滿銘教授七秩榮退誌慶論文集》，頁429。

　　陳滿銘曾於講學時表示，「情」與「采」的經緯關係，如落在篇章而言，則「情」是指「意象」（整體含個別），這是就縱向來說的；「辭」則是指「章法」，這是就橫向來說的。鄭頤壽亦認為，把辭章之「情」、「理」、「物」、「事」定位為「縱向」，把「章法」歸為「橫向」的篇章縱橫向結構，「與劉勰的『情經辭緯』說，是一脈相承的」[26]。他在評述陳滿銘《章法學新裁》及相關著作的論文中，更清楚地指出，「辭章章法」與包含著情、理、事、景（物）等主旨、材料的「辭章內容」之間，關係密切，這個研究對象談的正是「內容與形式的辨證法」，並且在評介陳滿銘之研究成果時說明道：陳教授說，欲辨明篇章結構，都要涉及縱、橫向的問題，完整的結構非縱、橫交織不可。因此分析辭章時，先要透徹弄清內容成分，再結合章法來掌握它們的結構。這樣的研究就是「把中國傳統的『經緯』論作具體而又深入的研討、發揮」[27]。

---

26 見鄭頤壽〈臺灣辭章學研究述評〉，原發表於《首屆海峽兩岸閩南文化學術研討會論文集》，2001.11，後收於仇小屏等編《陳滿銘與辭章章法學——陳滿銘辭章章法學術思想論集》，頁3。

27 見鄭頤壽〈中華文化的沃土，辭章學圃奇葩——讀陳滿銘的《章法學新裁》及其相關著作〉，原發表於《海峽兩岸中華傳統文化與現代化研討會論文集》，2002.5，後收於仇小屏等編《陳滿銘與辭章章法學——陳滿銘辭章章法學術思想論集》，頁243。又，鄭教授在〈臺灣辭章學述評〉一文中也指出：「臺灣學者把文章之題材、內容、主旨定位為『經』，把『章法』等定位為『緯』，這是對劉勰的『情經辭緯』說的引申與發展。」見〈臺灣辭章學研究述評〉，《陳滿銘與辭章章法學——陳滿銘辭章章法學術思想論集》，頁11-12。

此外，王曉娜提出，辭章章法學的體系是從縱、橫兩種結構所搭建，並且觀察到這種建構是在三個層面上進行的：

> 首先，從整體上確立篇章結構的兩大構成，縱向的語義結構（即內容結構）和橫向的形式結構。然後，確定這兩種結構的構成成分。縱向的語義結構包含有具體的結構成分，即情語和理語、事語和景語。橫向的形式結構，包含有各種章法，即遠近、大小、本末、深淺、賓主、虛實、正反、平側、縱收、因果……等等。第三，梳理這兩種結構之間的交織關係。縱橫結構既有各自相對的獨立性，同時又密不可分。[28]

所謂「語義結構」與「形式結構」，正是分指縱向的內容結構和橫向的章法結構，所探討的也就是源自〈情采〉中內容與形式的辯證關係。然而，對於縱橫兩向並舉的作用，王教授又進一步論述道：

> 這種縱橫交織的架構，將形式和意義不可分離的原則有效地、創造性地貫徹到了篇章語言學的領域之中，科學地體現了語篇的關聯性和整體性，因而，

---

28 見王曉娜〈章法研究的新天地——試論陳滿銘先生的《章法學新裁》〉，《陳滿銘教授七秩榮退誌慶論文集》，頁 46-47。

掌握了這種縱橫交織的架構及其結合規律，也就把
握了完整的篇章結構。[29]

可見，這種縱橫交織的篇章結構論，其意義乃體現在辭章
的內容與形式的不可分割性。

總而言之，篇章縱橫向結構論實溯源自《文心雕龍》
「情經辭緯」的文學觀，並相承於方苞的「義經法緯」、
陳澧的「倫脊說」等。其承繼關係可以下表作為總結：

$$
篇章結構
\begin{cases}
縱向結構（意象系統）\Longleftrightarrow「情經」\\
\\
橫向結構（章法結構）\Longleftrightarrow「辭緯」
\end{cases}
$$

（三）篇章縱橫向結構疊合例析

基於「情采並重」與「情經辭緯」之文學觀為理論淵
源，篇章縱橫向結構應當疊合觀之，使辭章作品的意象系
統（縱向結構、情經）與謀篇布局之條理（橫向結構、辭
緯），展現其篇章特色與呼應關係。因此，本節將舉蘇軾
〈臨江仙〉為例，藉著結構分析表的輔助，先由詞作的內
容，也就是核心的「意」（情意象、理意象）與外圍之
「象」（事意象、景意象），梳理出具有層次性的大小意象

---

29 見王曉娜〈章法研究的新天地——試論陳滿銘先生的《章法學新裁》〉，《陳滿銘
教授七秩榮退誌慶論文集》，頁47。

系統；再藉著掌握這些內容的深層條理，探究這些個別意象透過哪些章法，組織成篇；最後再將兩者疊合，以見篇章縱橫向結構之密切關係。

蘇軾〈臨江仙〉：

> 夜飲東坡醒復醉，歸來彷彿三更。家童鼻息已雷鳴。敲門都不應，倚杖聽江聲。　　長恨此身非我有，何時忘卻營營。夜闌風靜縠紋平。小舟從此逝，江海寄餘生。

這首詞題作「夜歸臨皋」，書寫醉歸聽江的所行所感[30]，主要是透過以「事」、「景」、「情」的內容成分形成意象系統，其縱向結構表如下：

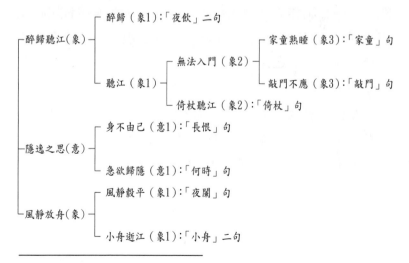

─ 醉歸聽江（象）─┬─ 醉歸（象1）：「夜飲」二句
　　　　　　　　 └─ 聽江（象1）─┬─ 無法入門（象2）─┬─ 家童熟睡（象3）：「家童」句
　　　　　　　　　　　　　　　　　│　　　　　　　　　└─ 敲門不應（象3）：「敲門」句
　　　　　　　　　　　　　　　　　└─ 倚杖聽江（象2）：「倚杖」句

─ 隱逸之思（意）─┬─ 身不由己（意1）：「長恨」句
　　　　　　　　 └─ 急欲歸隱（意1）：「何時」句

─ 風靜放舟（象）─┬─ 風靜縠平（象1）：「夜闌」句
　　　　　　　　 └─ 小舟逝江（象1）：「小舟」二句

---

30 蘇軾〈臨江仙〉之結構表及相關分析，參見陳滿銘《意象學廣論》，頁 93-94。

在上片中,「夜飲」二句敘自己夜半從雪堂醉歸之事,主要以「醉」、「歸」形成「象」(事意象);「家童」三句寫自己不得其門而入,遂「倚杖聽江聲」的過程,透過「家童熟睡」、「敲門不應」、「聽江聲」形成另一組事意象。下片先以「長恨」一句,表達身不由己的無奈;「何時」一句則抒發出急欲解脫束縛之感喟與退隱江湖之意願,構成了這個節段的情意象。接著以「夜闌」句寫眼前所見,主要以「夜闌」、「風靜」、「縠平」形成景意象;然後以「小舟」二句寫面對此江景時的所思,主要以「小舟逝江海」形成事意象。

從縱向結構表中,除了可以釐清紛紜的個別意象如何層層向上統合外,也可以掌握到「醉歸聽江」與「風靜放舟」的意象群,都與「隱逸之思」的核心意象,以調和的關係共同將詞作的種種內容聯貫成整體。而所作者如此即事、即景而抒情,確實將超曠的襟懷表現得十分清晰,此即藉由縱向結構之探求所突顯出來的內容處理技巧與情感渲染力。

在橫向結構方面,這首詞則是對應於「事」、「景」、「情」的意象形成成分,採「具(事)—泛(情)—具(景、事)」的結構組織起內容。其橫向結構表為:

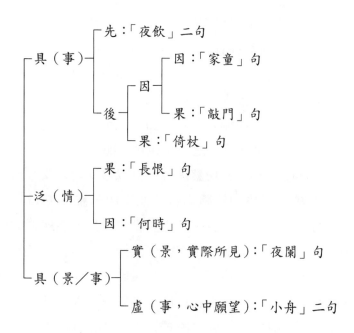

由上表可知，首段敘事，先寫「醉歸」，後為「聽江」，其中又用兩層因果邏輯，串起「家童熟睡」、「敲門未應」、「倚仗聽江」之意象。次段抒情，「長恨」句乃在感慨命運不由己，是「果」；其緣由正來自於不知何時才能不為利祿鑽營。末段則呈現出「先實後虛」的結構，「風靜縠平」是眼前實際所見之景，為「實」；「小舟逝海、以寄餘生」則是虛寫心中想望，並且呼應著篇腹急欲歸隱的主旨。

藉著橫向結構的分析，可以突顯兩重意義。

一是證明篇章橫向結構來自內容（情意思想與物事材料）深層的邏輯關係，而非空洞的外在框架。例如在「家

童鼻息已雷鳴。敲門都不應，倚杖聽江聲。」這個節段
中，因為家童熟睡，所以敲門無人應，又因為不得其門而
入，所以乾脆聽江去，足見在這些一連串的事件內部，就
存在著兩層「先因後果」的條理關係。所以，相對來說，
雖然橫向的章法結構偏向形式層面，但卻是不離開內容的
形式，實與「情采並重」之文學觀點符節[31]。

　　二是作家所書寫的紛繁內容，得以被安置妥當，形成
符合章法四大規律的整體組織，並突出一篇中心旨意所
在。首層的「具—泛—具」為主要結構，是結合順逆兩向
的轉位式結構，應合於變化律的原則，下層的「先後」、
「先因後果」、「先果後因」、「先實後虛」等結構，則為或
順或逆的移位式結構，符合秩序律之要求；而這些章法單
元之間，又因所敘之事與所描之景，如「醉歸」、「聽
江」、「夜闌」、「風靜」、「縠紋平」、「放舟」等，都正襯著
「歸隱」的想望，形成材料間的調和關係，並且得到彼此
的銜接，屬於調和性的聯貫律；而這歸隱的想望，正是作
家所欲表達的核心情感，也就是主旨所在，統一起所有的
情感胸臆與事景材料，是為章法統一律；此外，透過橫向

---

31 章法學研究與西方結構主義不同的地方，在於辭章章法研究承繼自「情采並重」
觀點的思路。王德春曾指出：「多年來，形式主義語言學派重視對語言進行形式
分析，忽視對意義內容的分析。語言是音義結合的體系，不管是表達客體概念意
義的辭彙單位，還是表達關係功能意義的語法單位和規則，都是由語音物質外殼
和語義內容結合而成的。離開內容的形式和離開形式的內容，都不是語言單
位。」且亦據此同意「章法不是強加於文章的外在框架，而是深蘊文章情意（內
容）之內的內在條理。」參見〈適應語言發展趨勢的論著——評陳滿銘教授的
辭章學〉，《陳滿銘與辭章章法學——陳滿銘辭章章法學術思想論集》，頁48-49。

結構的分析，也可清楚掌握到此詞作的主旨是安置在篇腹的[32]，且由此產生從中承上啟下、前後呼應的辭章效果。

最後，將這首詞作的縱橫向結構疊合之後，則可展現出如下嚴密的結構分析表：

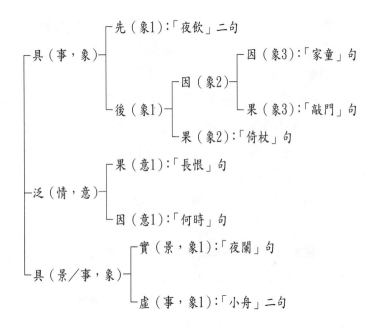

---

[32] 主旨的安置有篇首、篇腹、篇末，及篇外等各種方式。吳闓生《桐城吳氏古文法》：「凡行文必有總挈之處，或在前，或在後，或在中央，無總處則散錢無串，不成片段，不能成章矣。」（頁 5）又宋文蔚《評註文法津梁》：「主意既定，或於篇首預先揭明，或在中間醒出，或留於篇終結穴，皆無不可。」（頁 50）這些不同的安置技巧端視辭章家創作上的需要或美感效果上的講求而定。在進行主旨安置部位的探求時，需要透過橫向的章法結構分析，始得掌握。參見拙作《辭章意象形成論》，頁 147-215。

表中篇腹的第一層的「意」和第二層的「意 1」，以及前後第一層的「象」（含事意象、景意象）與第二層的「象1」、第三層的「象 2」、第四層的「象 3」等，呈現在不同層級的縱向結構中，是它個別的小意象系統。而著眼於泛具、先後、因果、虛實之章法，將辭章內容層層組織起來的，即是它的篇章橫向結構。同時，個別意象也透過這種層次邏輯，統合成整體的大意象系統。

疊合縱、橫兩向的考察，其作用有三。

首先，能證明「情經辭緯」篇章縱橫關係的存在。縱向者，由「醉歸聽江」、「歸隱之思」、「風靜放舟」等意象群構成主要內容；當這些如經線般的情意與景物事件構思成形後，就透過橫向的「泛具法」、「先後法」、「因果法」、「虛實法」等條理，如緯線般的來謀篇布局，通貫整體。

其次，意象屬性與章法類型之間的對應，能合而觀之。例如，泛具法的定義是指「泛寫」與「具寫」在辭章中的布局安排。除指狹義指泛泛的敘寫與具體的描述或細寫之外，因寫景與敘事是具體的（具），而議論和抒情則是抽象的（泛），故泛具法也包括「即景說理」或「敘事抒情」等情形。而〈臨江仙〉中以事意象、景意象、情意象形成的縱向結構，正切合於泛具法中以「事」、「景」為「具」，以「情」為「泛」的特性，故組織成「具（事：醉歸聽江）—泛（情：隱逸之思）—具（景含事：風靜放舟）」的邏輯結構。

其三，能夠在結構分析表上同時呈現橫向的章法單元與縱向的意象層級，以展現完整的篇章結構。不過，這樣巨細靡遺的疊合縱橫結構，雖可收完整之效，但亦恐衍生出結構表是否過於繁複的問題。因此，在進行分析時，實可折衷處理，也就是結構分析表仍以章法單元為主，以突顯橫向的邏輯條理，當需進一步標示某章法單元內的內容成分時，則可以括號輔助說明。但是，對於縱橫向結構疊合的辭章研究而言，不管縱向結構是否呈現於結構表中，在進行篇章結構的分析時，有關情意思想與物事材料等意象形成的層面，是同時被考慮的。

總之，以蘇軾〈臨江仙〉為例的篇章縱橫向結構探析，可以發現，詞作中透過夜飲、醉歸、家童熟睡、敲門不應、聽江、慨身不由己、抒欲忘卻、夜闌、風靜、縠紋平、小舟逝江等，形成鮮明的事意象與景意象，正襯著主要的情意象，形成縱向的意象系統；然後以泛具、先後、因果、虛實等章法，藉材料之間的調和性，組織成篇，並於篇腹抒發隱逸之思的主旨，而全詞超然曠達的風韻格調也因此生發出來。

五　結語

辭章的縱向結構是指由「情」、「理」、「事」、「景（物）」等內容成分所構成的意象系統（整體含個別），橫向結構則是指由各種二元對待關係所形成，且符合於秩

序、變化、聯貫、統一等四大規律的章法結構。而此篇章縱橫向結構的理論基礎，即根源於古典文論中的「情經辭緯」說，並予以承繼和發揮。承繼者，來自《文心雕龍》「情采並重」和「情經辭緯」的文學觀。前者指明了辭章內容與形式的不可分割性，後者則揭示出縱橫向結構的經緯關係。發揮者，乃前承歷代重要文論，經由現代辭章學家的努力探求，逐步建立系統化的縱橫向結構理論體系，確定縱橫向結構的研究對象、原理原則與交織關係。

　　事實上，無論是「情經辭緯」論，或是「義經法緯」、「倫脊說」，都證明了辭章乃合縱、橫兩向而形成。當兩者如經緯般的縱橫交織時，則此時的篇章橫向結構，不只是空洞的骨架，而是基於情、理、事、景等內容材料所形成的深層條理；同時，縱向的內容也因為在部分與部分之間，以及部分與整體之間，獲得了妥善的次第安排，組織成有層次、有邏輯的意象系統。

參考文獻

一　專書

仇小屏、陳佳君、蒲基維、謝奇懿、顏智英、黃淑貞編《陳滿銘與辭章章法學——陳滿銘辭章章法學術思想論集》，臺北：文津出版社，2007.12。

王更生注譯《文心雕龍讀本》，臺北：文史哲出版社，1997.10 六刷。

王希杰《漢語修辭學》（修訂本），北京：商務印書館，2005.4 二刷。

王義良《《文心雕龍》文學創作論與批評論探微》，高雄：復文出版社，2002.9。

方苞《方望溪全集》，臺北：世界書局，1965 再版。

牟世金《《文心雕龍》研究》，北京：人民文學出版社，1995.8。

宋文蔚《評註文法津梁》，臺北：蘭臺書局，1983.7。

沈謙《文學概論》，臺北：五南圖書出版公司，2003.10 初版三刷。

吳闓生《桐城吳氏古文法》，臺北：華正書局，1985.6。

夏丏尊、葉聖陶《文心》，北京：三聯書店，1999.11。

陳佳君《辭章意象形成論》，臺北：萬卷樓圖書有限公司，2005.7。

陳滿銘《章法學新裁》，臺北：萬卷樓圖書有限公司，2001.1。

陳滿銘《意象學廣論》，臺北：萬卷樓圖書有限公司，2006.11。

陳滿銘教授七秩榮退誌慶論文集編輯委員會主編《陳滿銘教授七秩榮退誌慶論文集》，臺北：萬卷樓圖書有限公司，2005.7。

陳澧《東塾集》，臺北：文海出版社，1969。

張少康《文心雕龍新探》，臺北：文史哲出版社，1991.7。

曾祥芹《現代文章學引論》，北京：中國文聯出版社，2001.6。

葉聖陶《作文論》，上海：商務印書館，1929.10。

賈文昭主編《中國古代文論類編》，福州：海峽文藝出版社，1990.12。

蔡宗陽《文心雕龍探賾》，臺北：文史哲出版社，2001.12。

鄭頤壽《辭章學辭典》，西安：三秦出版社，2000.7。

劉勰著、范文瀾注《文心雕龍注》，臺北：學海出版社，1991.12再版。

二　期刊論文

曾祥芹、張復琮〈論葉聖陶的文章組織觀〉，《開封教育學院學報》1988 年第一期，1988.1。

＊註：本文已通過審查，將刊載於《國文天地》〈學術論壇〉26 卷 5 期，2010.10。

篇章縱橫向結構的方法論原則
——以「多、二、一（0）」理論為架構

摘 要

篇章結構包含縱向結構與橫向結構，一屬意象系統，一為章法結構，兩者雖各自有多樣性的研究對象，如個別意象、整體意象，以及章法規律、章法類型等，但亦關係密切，因此疊合兩向，才能完整呈現篇章結構的風貌。本文即著眼於此，透過「多、二、一（0）」螺旋結構為理論基礎，分就縱向、橫向，及縱橫疊合的篇章結構，建立其方法論原則與理論體系。

關鍵詞

篇章結構、縱向結構、橫向結構、多二一（0）、
方法論原則

一　前言

　　篇章結構包含縱、橫兩向，早在《文心雕龍》中，劉勰即已揭示了「情經辭緯」的文學觀[1]。其中，縱向結構是指由「情」、「理」、「事」、「景」等內容成分，組成具有層次性的大小意象系統；橫向結構則是透過章法，將辭章內容聯句成節、聯節成段、聯段成篇所形成之深層邏輯條理。縱向結構乃透過意象層層連結而成，是讓辭章內容得以形成與充實的要素；橫向結構則是使情意思想與物事材料能夠獲得安排與布置的橋樑。兩者雖各有所屬的研究面向，但又關係緊密，因為在篇章結構中如果沒有縱向的內容，便無法形成橫向的結構；而沒有章法，則更無法理清大小意象之間的條理關係。所以，唯有疊合縱、橫向而為一，用結構表為輔加以呈現，才能突顯一篇辭章在「意象系統」與「章法結構」上的特色[2]。

　　所謂「多、二、一（0）」螺旋結構，係陳滿銘考察《周易》（含《易傳》）、《老子》等古籍，所總結出的重要規律與原則[3]。此宇宙創生、含容萬物的歷程包括：由「無象」到「有象」的過程中，所尋得的「（0）一、二、多」順向結構，以及由「有象」到「無象」的過程中，所構成的「多、二、一（0）」逆向結構。而「（0）一、二、

1　參見劉勰著、范文瀾注《文心雕龍注》卷七，頁538。

2　參見陳滿銘《篇章縱橫向結構論》〈序〉，頁01。

3　參見陳滿銘《多二一（0）螺旋結構論——以哲學文學美學為研究範圍》。

多」與「多、二、一（0）」的順逆向理路，又會透過「反」的作用接軌[4]，形成互動、循環、提升的螺旋結構。從哲學層面而言，「（0）一」屬本體界，即《周易》所說的「太極」、「道」等觀念，和《老子》中的「道」、「無」；「多」屬現象界，即《周易》和《老子》所謂之「萬物」（含人事）；而「二」指的就是「多樣」與「統一」之間過渡的橋樑，然在宇宙萬事萬物裡的各種二元對待關係中，又可以「陰陽（剛柔）」來統合。由於這樣的體系掌握了宇宙人生基本而核心的規律，因此在各種文藝理論中的適用面是很廣的。

透過科學的方法論原則，建立辭章學研究的理論系統，是十分重要的研究步驟。拙作《篇章縱橫向結構論》即著眼於此，以「多、二、一（0）」螺旋結構為理論基礎，分別從縱向結構中的意象形成類型、意與象的同構關係、核心之「意」的統合性，以及橫向結構中的章法四大律、章法結構等，初步嘗試統整篇章縱橫向結構之理論體系[5]。本文將進一步以「多、二、一（0）」螺旋結構理論為方法論，分就篇章的「縱向結構」、「橫向結構」，以及兩者疊合的「縱橫向結構」，建立更細部的篇章縱橫向結構論的系統性，以強化其理論架構，並突顯其主要的研究旨趣。

---

4 如《老子》：「反者道之動。」（四十章）、「凡物芸芸，各復歸其根。」（十六章）《周易》〈序卦〉亦有「既濟」而「未濟」之說。

5 參見拙作《篇章縱橫向結構論》，頁 54、68-75、192。

二　縱向結構與「多、二、一（0）」理論

辭章的結構如就內容本身而言，即所謂的「縱向結構」，這是相對於邏輯組織的「橫向結構」來說的。由於創作者通常會借助具體的寫作材料，如事材或物材，表達內在抽象的情意或道理，因此，形成辭章內容的要素，大致可統括為抒情、說理、敘事、寫景（物）等成分。在此四大內容成分中，「情」與「理」為源於主體之「意」；「景（物）」與「事」為取自客體的「象」。辭章家所選以書寫的客觀事件、景物，實是為了表達主觀的情意或思想而服務[6]，《文心雕龍》〈附會〉即強調：「情志為神明，事義為骨鯁」[7]，故依這層主從關係，可將其統括為「核心成分」和「外圍成分」兩大類[8]。其中，核心成分包含「情意象」與「理意象」，外圍成分則有「事意象」和「景（物）意象」。

意象之形成，源自於主客體的互動與交融，而這質的相異的主（意）客（象）之間之所以能相互契合，則是因為兩者在力的圖式上「同構」，意即「情」、「理」、「事」、

6　晏小平亦曾論及：「意是內在的抽象的心意，象是外在的具體的物象。……心意靠物象來表達，物象為詩歌主旨駕馭並為之服務。」見〈淺析詩歌意象的運用手法〉，《文藝理論與批評》53期，頁54。

7　見劉勰著、范文瀾注《文心雕龍注》卷九，頁650。

8　此依陳滿銘在〈談篇章結構〉一文之說，參見《章法學新裁》，頁392-403。又，參見拙作《辭章意象形成論》，頁12、63。

「景」會因為各自或相互之間存有相類似的形式結構，而產生主客互動、心物交融的運動過程，形成辭章作品中具有感染力與審美意義的意象，這個讓「意」（情、理）與「象」（事、景）連結成有機體的深層媒介，格式塔（Gestalt）心理學美學家稱之為「構」[9]。篇章中的物事材料與情意思想，無論是局部或整體，都可以經由「構」形成連結和呼應，以達到聯貫與銜接的目的，而這聯繫起意象的媒介──「構」，又會因為前後通貫的寫作材料間的關係，而有對比與調和的不同性質[10]。

然而，在紛繁多元的內容材料中，又必須透過主旨以結合成一有機整體，主旨即一篇辭章中最核心的「意」，其作用就在於貫串起種種個別意象，統一起所有情、理、事、景等內容。也就是說，唯有在核心情理的主導下，原本看似零碎、獨立、個別的意象，才能統合成整體。

爰此，將縱向結構對應於「多、二、一（0）」理論而言，則辭章中所出現的各種個別性的情意象、理意象、事意象、景意象，為「多」；連結起各種外在材料（象）與內在情意（意）的「構」，有對比或調和的關係，是「二」；統一在最核心的「意」（「情」或「理」）下，並形

9　格式塔（Gestalt）學派為二十世紀初產生於德國的一種心理學美學理論，提出整體大於或不同於部分之和，並強調知覺的整體性。而關於「同構」理論，李澤厚曾論述：物質世界和心靈世界實際都處在不斷的運動過程中，其質料雖異而形式結構相同，而使外在對象與內在情感合拍一致，產生美感愉快，格式塔心理學家則把這種現象稱為「異質同構」。參見李澤厚《美學論集》，頁730。

10　參見拙作〈論意象連結之媒介〉，《中國學術年刊》第三十期（春季號），頁244-250。

成抽象的風韻格調，是為「一（0）」。茲以下列圖表來說明縱向結構的理論系統及其與「多、二、一（0）」的關係：

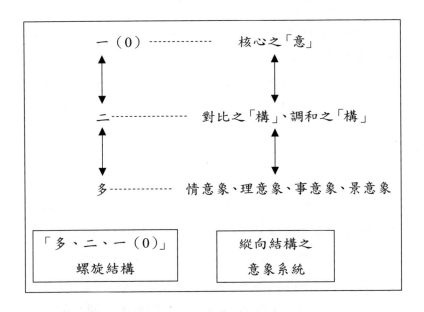

舉例而言，如辛棄疾〈點絳唇〉：

　　身後虛名，古來不換生前醉。青鞋自喜，不踏長安市。　　　竹外僧歸，路指霜鐘寺。孤鴻起，丹青手裡，剪破松江水。

其章法結構與意象類型呈現如下之條理：

```
┌ 時（虛時間）：「身後」二句 ┤意：理│
│        ┌ 實（隱）：「青鞋」句 ┤象：景（物）／意：情│
└ 空 ┤ 虛（仕）：「不踏」句 ┤象：事│
     │          ┌ 遠：「竹外」二句 ┤象：事│
     └ 實（隱）┤
                └ 近：「孤鴻起」三句 ┤象：景（物）│
```

這闋詞反映出作者的隱退意識。若就時空章法切入，可發現「身後」兩句寫的是虛時間，而後幅則呈現出精彩的空間轉位。其中，「青鞋」句是寫自己現在正喜著草鞋；「不踏」句是想到自己不必置身於長安，為贏得身後虛名而犧牲閒逸之志；下片再就眼前，由遠而近的寫竹外僧歸與所見畫作。再就意象方面來看，詞中分別寫到：「不換生前醉」這種人生觀的理意象、「草鞋」的物意象與「自喜」的情意象、長安為官的事意象、僧歸與畫作的事、物意象。這些意象都藉由對比性的「隱」與「仕」為「構」而連結起來，因為對詞人而言，「青鞋」象徵了隱士生活，它表現出詞人對目前的生活感到愉悅和滿足，故作者目前腳著草鞋，就馬上聯想起不必涉入官場，並因而「自喜」，下片的僧人和丹青意象，也在用以強化這種追求退隱的心境。由此可見，這首詞不但在空間上形成轉位式的「實─虛─實」結構，更在情調上構成「隱─仕─隱」的

對比，將作者的隱退意志與恬適心情表露無疑[11]。

　　若鎖定意象系統與「多、二、一（0）」螺旋結構的關係圖來統整此詞作之特色，則可表示如下：

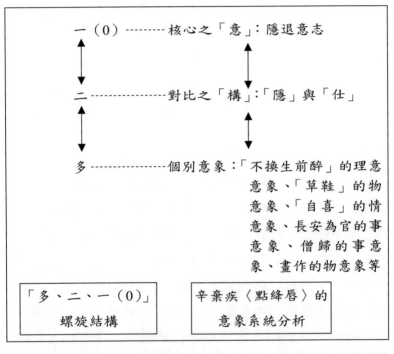

一（0）-------- 核心之「意」：隱退意志

二 ------------ 對比之「構」：「隱」與「仕」

多 ------------ 個別意象：「不換生前醉」的理意
　　　　　　　　象、「草鞋」的物
　　　　　　　　意象、「自喜」的情
　　　　　　　　意象、長安為官的事
　　　　　　　　意象、僧歸的事意
　　　　　　　　象、畫作的物意象等

「多、二、一（0）」　　辛棄疾〈點絳唇〉的
　螺旋結構　　　　　　　意象系統分析

　　由此可見，在辭章由小的個別意象逐層形成大的整體意象的過程中，各種個別的外在材料（象）與內在情意（意），為「多」；連結起來的「構」有對比性與調和性，為徹上啟下的「二」；而所有寫作材料最後都會統一於核心的「情」或「理」之下，此為「一（0）」。

---

11 參見鄧廣銘《稼軒詞編年箋注》，頁510；及陳滿銘《章法學論粹》，頁186-187。又，本詞之分析乃根據陳滿銘之說修正補充。

三 橫向結構與「多、二、一（0）」理論

　　橫向結構探討的是辭章謀篇布局的條理，這些組織辭章的方式約有三、四十種類型，而這些章法都存有一些內在的規律，也就是形成「秩序」、「變化」、「聯貫」，最後臻於「統一」的原則，此即所謂「章法四大律」[12]。

　　所謂「秩序律」是指辭章的結構符合於或順或逆的「移位」式條理原則，如「先昔後今」、「先凡後目」等順向移位結構，或「先反後正」、「先果後因」等逆向移位結構。「變化律」是指辭章的結構符合於順逆交錯的「轉位」式條理原則，如「遠、近、遠」、「實、虛、實」、「景、情、景」等結構，這些因往復變化而形成的轉位，包含由順而逆的運動過程是「陰→陽→陰」，屬於「拗向陰的轉位」；由逆而順的運動過程則是「陽→陰→陽」，屬於「拗向陽的轉位」。而所謂「聯貫」，是針對材料的銜接或呼應來說的。無論是哪一種章法，都可以由局部的「調和」與「對比」，形成銜接或呼應，而達到聯貫的效果[13]。「統一律」則是就辭章的整體性，來論其材料與情意的通貫，通常是透過「主旨」與「綱領」，使辭章達成「統

---

[12] 「章法四大律」由陳滿銘所提出。本節有關章法規律之論述，主要參考陳滿銘〈論辭章章法的四大律〉，收於《章法學論粹》，頁 3-18；及《章法學綜論》，頁 33-57。

[13] 見陳滿銘《章法學論粹》，頁 11。

一」。

　　由此看來，「秩序律」、「變化律」、「聯貫律」三者，主要就材料運用而言，著重於分析，前兩者探討結構的順逆模式，後者突顯呼應的效果；「統一律」則主要就情意思想的抒發來說，重在統整通貫。因此，四大律各有其職，也各具重要性，茲以表格整理並說明如下：

序號	章法規律	研究對象	研究方法	內涵		多二一（0）之對應
1	秩序律	材料運用	分析	移位結構	順向移位	多
					逆向移位	
2	變化律	材料運用	分析	轉位結構	拗向陰的轉位	多
					拗向陽的轉位	
3	聯貫律	材料運用	分析	呼應關係	對比的聯貫	二
					調和的聯貫	
4	統一律	情理抒發	綜合	統一作用	主旨	一（0）
					綱領	

　　在四大律中，前三者比較偏向分析性的邏輯思維，後一種則比較偏向綜合性的邏輯思維，辭章家即藉由這兩種思維的運作來組織各種內容材料，以表達內在的情意思想。王希杰指出，四大規律實具有兩個不同的層次，一是局部與整體的對立，前三者屬於局部的規律，統一則是高

於三者之上的規律。其中又可分為兩層關係，首先是秩序
與變化的對立，然後是這兩者與聯貫律的對立。因為秩序
是簡單的，變化是複雜多樣的，可視為秩序的變體；而聯
貫事實上是關係律，談的是對立面之間的相互關係，及如
何依靠這種關係組織成一個相對整體；然而，聯貫律與統
一律也有聯繫，其區別即在於前者屬局部，後者是最高等
級、最終的，作用在於使整個篇章保持和諧統一[14]。

由此看來，章法四大律乃對應於「多、二、一（0）」
的理則。其中，「秩序律」與「變化律」所形成的各種結
構類型，屬於「多」；「聯貫律」則透過「對比」或「調
和」，居間發揮通暢上下的銜接作用，為「二」[15]；而「統
一律」則是以主旨或綱領將材料與情意一以貫之，形成整
體，甚至由此生發美感、蘊含風格，屬於「一（0）」之地
位，如此由「多樣」而「二」而「統一」，突顯了章法四
大規律之間，不是平列的關係[16]。所以兩者的對應關係可
用下列圖表表示之：

---

14 見王希杰〈章法學門外閑談〉，收於仇小屏、陳佳君、蒲基維、謝奇懿、顏智
  英、黃淑貞編《陳滿銘與辭章章法學——陳滿銘辭章章法學術思想論集》，頁 20-
  22。

15 由於章法生發自對應於宇宙運行的二元對待關係，所以陳滿銘曾闡述道：「秩
  序」與「變化」之「多」，也由「二」形成，但比較而言，「聯貫」之「二」是關
  鍵性之「二」。參見〈論章法結構之方法論系統——歸本於《周易》與《老子》
  作考察〉，《國文學報》第四十六期，頁 72、76、87。

16 參見陳滿銘〈論章法四大律之方法論原則——以多二一（0）螺旋結構作系統探
  討〉文稿（2010.8），頁 17。

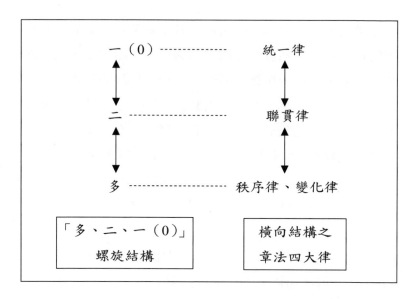

若針對章法規律理論，實際由辭章作品做全面性的探求，更能得見以「多、二、一（0）」建立的章法方法論原則，如何體現於文學現象中。茲以袁宏道〈晚遊六橋待月記〉為例：

西湖最盛，為春為月。一日之盛，為朝煙，為夕嵐。今歲春雪甚盛，梅花為寒所勒，與杏桃相次開發，尤為奇觀。石簣數為余言：「傅金吾園中梅，張功甫玉照堂故物也，急往觀之。」余時為桃花所戀，竟不忍去湖上。

由斷橋至蘇隄一帶，綠煙紅霧，彌漫二十餘里。歌吹為風，粉汗為雨，羅紈之盛，多於隄畔之草，豔冶極矣。

然杭人遊湖，止午、未、申三時。其實湖光染翠之工，山嵐設色之妙，皆在朝日始出，夕舂未下，始極其濃媚。月景尤不可言，花態柳情，山容水意，別是一種趣味。此樂留與山僧遊客受用，安可為俗士道哉！

其結構分析表為：

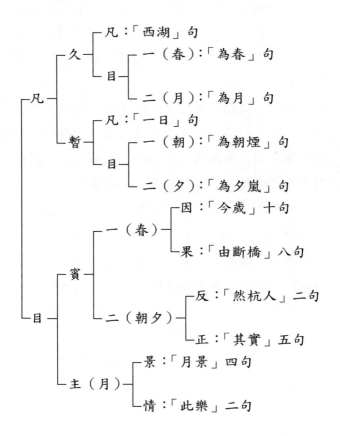

作者首先就平時（久）與一日（暫）兩個時間點，提出西湖六橋之盛景，為「春」、為「月」、為「朝煙、夕嵐」，形成三軌，這是全文總括的部分，而且各又以「西湖最盛」與「一日之盛」為總括，再分述最盛者為何，故於第三層形成兩疊「先凡後目」結構。後半則是透過梅花、杏桃之「相次開發」，與「歌吹」、「羅紈」等遊人盛況，具寫春景；接著又以「午、未、申三時」與「朝日始出，夕舂未下」作一對照，具寫朝煙、夕嵐，以上二目也是居於陪襯月景的「賓」位。最後則是針對文章主題——待月，由景入情的加以敘寫，也就是由待月之景，拈出此番「安可為俗士道哉」的樂趣。

透過章法的輔助，可以從結構表中發現本文的層次邏輯及其合於四大律的現象。全文以「春」、「月」、「朝煙夕嵐」為三軌綱領，串起所有書寫西湖六橋盛景的材料，然後運用「先凡後目」、「先久後暫」、「先賓後主」、「先景後情」、「先因後果」、「先反後正」等移位結構，形成秩序，使層次井然分明。其中除了「先反後正」帶有對比性之外，其餘都屬於調和性的聯貫關係，這也使得文章的風格自然偏向陰柔清麗。而最重要的是，作者藉著西湖的迷人風光所抒發的「待月之樂」，則是主旨所在，它不但被成功地烘托出來，更使全文包融、通貫為一。

其「多、二、一（0）」螺旋結構與章法四大律之對應關係，可表示如下：

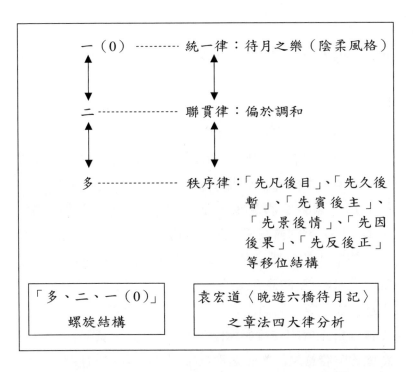

質言之，以章法理論作為研究方法，透過掌握「秩序」、「變化」、「聯貫」、「統一」四大律及其與「多、二、一（0）」螺旋結構的關係，不但能建立辭章學的方法論原則，也能實際對上探作者的構思、釐清辭章作品的深層條理、追索辭章旨趣與特色等方面有所助益，並印證章法乃「客觀存在」[17]的現象。

---

17 見王希杰〈章法學門外閑談〉，收於仇小屏、陳佳君、蒲基維、謝奇懿、顏智英、黃淑貞編《陳滿銘與辭章章法學——陳滿銘辭章章法學術思想論集》，頁 16-29。

四　縱橫向結構與「多、二、一（0）」理論

　　由上文分就篇章縱向結構與橫向結構的探討中可知，縱橫向結構各有獨立而多元的研究旨趣。

　　「縱向結構」的研究對象主要是鎖定在辭章內容層面，它涉及到由內容四大成分——情、理、事、景所形成的個別意象與整體意象，當「意」（情、理）與「象」（事、景）因同構關係而產生連聯繫，逐步由小的個別意象統整成大的整體意象，就會形成具有層次性的意象系統。其中，整體意象是就全篇而言，通常可以區分為「意」與「象」兩個概念，研究對象有全篇最核心的主旨（含分析主旨的安置與顯隱等藝術技巧），及統合自個別意象的整體意象群；而個別意象則屬局部，它往往合稱作「意象」，如月意象、鳥意象等，但其中又存在著一意多象和一象多義的偏義現象。

　　「橫向結構」則主要在掘發存在於辭章內容深層的邏輯條理，也就是各種章法類型，如今昔、遠近、大小、賓主、正反、虛實、凡目、因果、抑揚等三、四十種，這些章法都源自於宇宙萬物二元對待的互動關係，雖然它們各自有獨特的心理基礎與美感效果，但就求同面而言，則能歸納為章法四大家族——圖底家族、因果家族、虛實家

族、映襯家族[18]。當它們落實於一篇辭章作品而言，就會表現出適應於作品內容的各種章法單元，形成橫向結構的邏輯層次。誠如上文所述，這些邏輯組織的條理，也是應合於秩序、變化、聯貫、統一等章法四大規律的。

雖然篇章的縱向結構和橫向結構各有專屬的研究對象和研究範疇，但是二者並不是截然二分、毫無關聯，反而是存在著不可分割且極為密切的關係。

綜上所述，篇章的縱向結構乃在研究意象系統，包含個別意象與整體意象；橫向結構乃在處理章法結構，研究範疇包含章法規律和章法類型。再以「多、二、一（0）」螺旋理論加以考察，則可建立起篇章縱橫向結構疊合的理論架構。其對應關係為：整體的篇章結構可以界定為「一（0）」；縱向結構和橫向結構則屬於「二」，其中，縱向結構涉及意象系統的議題，橫向結構則主要處理章法結構；再就「多」來看，在此兩大結構面向底下，又有各自多元的研究對象，如縱向結構中個別意象的形成成分（情意象、理意象、事意象、景意象）、意象連結的同構關係、一象多意與一意多象、整體意象的主旨（含安置與顯隱）與意象群、在篇章中展現的由小而大的意象層級等，以及橫向結構歸納在圖底、因果、虛實、映襯四大家族下的三、四十種章法類型、章法四大律（秩序、變化、聯貫、統一）等。由此層層釐析，便可分別理清「意象系統」和

---

18 參見拙作〈論章法之族性〉，《辭章學論文集》（上冊），頁 145-163。

「章法結構」在篇章結構系統中的定位及其各自的系統性特徵。

是故，疊合縱橫兩向的篇章結構理論體系，對應於「多、二、一（0）」可表示如下：

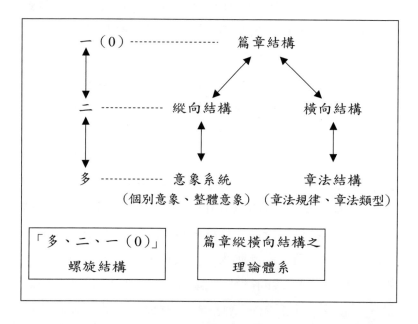

以「多、二、一（0）」理論為基礎，並疊合篇章縱橫向結構的方法論原則，若落實到一篇辭章作品進行考察，其功能在於廓清辭章作品關乎內容的意象系統（縱向）與謀篇布局的邏輯條理（橫向），並同時展現其內容與形式上的特色和呼應關係。茲以彭端淑〈為學一首示子姪〉為例：

天下事有難易乎？為之，則難者亦易矣；不為，則易者亦難矣。人之為學有難易乎？學之，則難者亦易矣；不學，則易者亦難矣。

吾資之昏，不逮人也：吾材之庸，不逮人也。旦旦而學之，久而不怠焉；迄乎成，而亦不知其昏與庸也。吾資之聰，倍人也：吾材之敏，倍人也。屏棄而不用，其昏與庸無以異也。然則昏庸聰敏之用，豈有常哉？

蜀之鄙有二僧，其一貧，其一富。貧者語於富者曰：「吾欲之南海，何如？」富者曰：「子何恃而往？」曰：「吾一瓶一缽足矣。」富者曰：「吾數年來欲買舟而下，猶未能也。子何恃而往？」越明年，貧者自南海還，以告富者，富者有慚色。西蜀之去南海，不知幾千里也；僧之富者不能至，而貧者至焉。人之立志，顧不如蜀鄙之僧哉？

是故聰與敏，可恃而不可恃也；自恃其聰與敏而不學，自敗者也。昏與庸，可限而不可限也；不自限其昏與庸而力學不倦，自立者也。

本文從「理」上，闡述為學之道，並舉一則故事為例，將抽象道理透過「事」具體化，屬於理事複合的類型。其縱向結構表為：

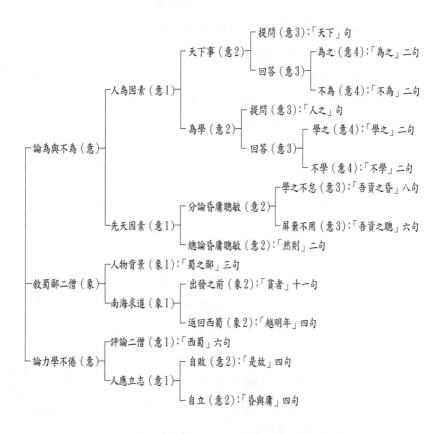

由於在本表中，將文章裡的意象系統由底層至首層至多處
理到五層，如：「為之，則難者亦易矣。」這個小的個別
性理意象，是位在「意─意1─意2─意3─意4」之第五
層，因此乍看之下似乎有些複雜，但事實上卻是層次井
然。

首先，第一層的「理意象」（意）中，先從後天的「人為因素」（意 1），運用問答的方式，論述天下事（意 2）無難易，僅在為與不為（意 4），再提出學習方面（意 2）亦有著同樣的道理（意 3 至意 4）。除了「後天」方面，作者再就「先天」（意 1），以資質的昏庸與聰敏（意 2），配合學而不怠、摒棄不用的態度（意 3），加強論點。從這裡也可掌握到：「人為因素」與「先天因素」、「天下事」與「為學」等，在此意象系統裡，屬於同一層級。

其次，第一層的「事意象」（象）中，舉蜀鄙二僧為事例（象 1），敘述貧僧能堅定信念，克服萬難，而富僧卻遲未行動，而導致有成有敗的不同結果（象 2）。

文末，是第一層意象系統中的第三項次，主要也是「理意象」（意），這個部分，作者先上承故事內容，評論二僧成敗緣由（意 1）；最後藉著分論「不學必敗」（意 2）、「力學可成」（意 2）兩種情況，回歸到為學應立志的主題（意 1）。

在以上的各種理事意象內在所具有的條理關係，則形成如下的橫向結構表：

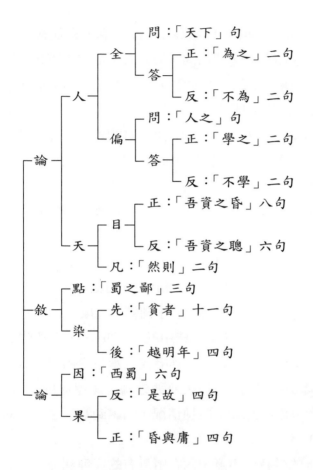

從縱向結構的探討中，已可明白本文的第一層意象是由「理意象」而「事意象」而「理意象」組成。若就章法結構切入，則其橫向的篇結構，就形成「論—敘—論」的形態。

第一個「論」是先就「人」（人為因素），運用問答、正反的邏輯，論述「天下事」與「為學」之難易，取決於

為與不為。由於天下事之難易，範圍大，而為學之難易，範圍小，所以兩者存在著「偏」（局部，為學）與「全」（整體，天下事）的二元對待關係。其次再就「天」（先天因素），由正（學之不怠）而反（摒棄不用）的分論昏庸與聰敏之用，再以「然則」兩句總收此段，形成「先目後凡」結構。

中段敘述西蜀二僧之事，先點出人物背景，再敘寫故事主體，是常用於敘事的「先點後染」結構。而「染」的部分，又依照時間先後，順敘出發前的對話與貧者毅然付諸行動，成功前往南海又返還西蜀的經過。

最後以議論作結，先評論二僧一能至、一不能至的原因就在立志。並基於此番道理，於文末先就反面論自恃聰敏而不學者，必自敗；然後再就正面，論不自限昏庸而力學不倦者，必能有所成，使上下兩個節段形成「先因後果」結構，並在末一個「論」底下的「正」突出篇旨，勸勉晚輩把握時間，立定志向，戮力以赴，必能在學問上有所成就。陳滿銘即曾針對文末四句分析道：「用『昏與庸』四句，從正面指出人若不自限昏庸而力學不已，則必將步上成功大道，以點明主旨作收。」[19]本文之縱橫向疊合結構表為：

---

19 見陳滿銘《章法學新裁》，頁518。

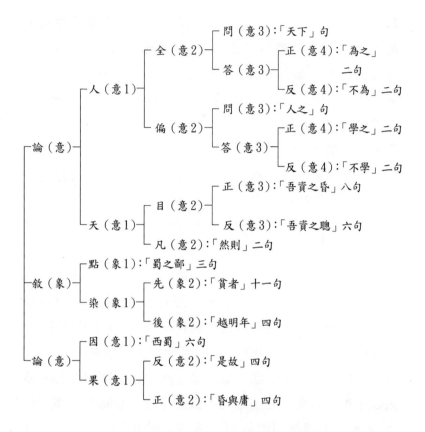

綜上所述，在疊合的結構表中，顯示出本文主要以「理意象」和「事意象」複合成文，並運用「論—敘—論」組織成篇結構，再用天人、偏全、問答、正反、凡目、點染、因果等章法，形成章結構，同時把二至五層不等的大小意象系統，連結成整體。其中，文章裡所書寫的種種個別意象和用以組織的各種邏輯條理，為「多」；所形成的整體性理事意象系統，和主要以敘論法成篇的章法

結構，為「二」；兩者所疊合起來的縱、橫向結構，則展現了此文完整的篇章結構，為「一（0）」。

五　結語

辭章作品是內容與形式結合的有機整體，為了較為完整地展現其篇章結構的藝術特色，又必須綰合縱（意象）橫（章法）兩向。就篇章縱向結構和橫向結構的研究對象而言，其面向實牽涉廣泛，因此，要如何掌握適當的方法論原則，以建立起篇章結構研究的理論體系，就變得十分重要。

本文以「多、二、一（0）」螺旋結構為立論基礎，分別從「縱向結構」、「橫向結構」，以及疊合兩者的「縱橫向結構」做全面的檢視，透過關係圖表釐清「多、二、一（0）」理論與篇章縱橫向結構論的對應，以統整起相關的研究內涵，建構其理論系統。

研究發現，在篇章縱向結構中，各種組成內容的個別意象為「多」，居中連結起意與象的媒介（構）是「二」，核心的「意」（主旨）則為「一（0）」。在橫向結構中，以二元對待關係形成秩序或變化的章法結構為「多」，由對比或調和以連結彼此的聯貫律為「二」，終由主旨與風格使辭章形成整體的統一律則為「一（0）」。若結合兩者而言，則縱向結構所包含的研究對象，如：由情意象、理意象、事意象、景意象等形成之個別意象、意與象的同構、

一象多意與一意多象、整體意象的主旨（含安置與顯隱）
與意象群、由小而大的意象層級等，又如橫向結構中，歸
納在圖底、因果、虛實、映襯四大家族下的三四十種章法
類型與章法四大律（秩序、變化、聯貫、統一）等，以上
屬於「多」；而「縱向結構」和「橫向結構」除各自分屬
「意象系統」與「章法結構」外，在研究地位上，應歸於
「二」；最後，疊合兩者而一，以見完整的「篇章結構」，
則為「一（０）」。如此一來，不僅能為篇章縱橫向結構論
的研究，收編多元廣泛的研究對象，也在「多、二、一
（０）」理論的指導下，建立起屬於辭章學研究的方法論原
則。

參考文獻

一 專書

李澤厚《美學論集》，臺北：三民書局，1996.9。

陳佳君《辭章意象形成論》，臺北：萬卷樓圖書有限公司，2005.7。

陳佳君《篇章縱橫向結構論》，臺北：文津出版有限公司，2008.7。

陳滿銘《章法學新裁》，臺北：萬卷樓圖書有限公司，2001.1。

陳滿銘《章法學論粹》，臺北：萬卷樓圖書有限公司，2002.7。

陳滿銘《章法學綜論》，臺北：萬卷樓圖書有限公司，2003.6。

陳滿銘《多二一（0）螺旋結構論——以哲學文學美學為研究範圍》，臺北：文津出版有限公司，2007.1。

鄧廣銘《稼軒詞編年箋注》，臺北：華正書局，1978.12。

劉勰著、范文瀾注《文心雕龍注》，臺北：學海出版社，1991.12再版。

二 論文

王希杰〈章法學門外閑談〉，收於仇小屏、陳佳君、蒲基維、謝奇懿、顏智英、黃淑貞編《陳滿銘與辭章章法學——陳滿銘辭章章法學術思想論集》，臺北：文津出版有限公司，2007.12。

晏小平〈淺析詩歌意象的運用手法〉，《文藝理論與批評》53期，1995.3。

陳佳君〈論章法之族性〉，《辭章學論文集》（上冊），福建：海潮

攝影出版社，2002.12。

陳佳君〈論意象連結之媒介〉，《中國學術年刊》第三十期（春季號），2008.03。

陳滿銘〈論章法結構之方法論系統——歸本於《周易》與《老子》作考察〉，《國文學報》第四十六期，2009.12。

陳滿銘〈論章法四大律之方法論原則——以多二一（0）螺旋結構作系統探討〉文稿，2010.8。

＊註：本文已通過審查，將發表於「第五屆辭章章法學學術研討會」。

辭章學的跨領域研究
——以章法學與意象學為考察對象

摘 要

　　辭章學的跨領域研究，包含「多維性研究視角」與「廣泛性語料應用」，前者以科際整合為前提，後者以擴大研究對象為主。由於辭章學具有「融合性」、「客觀性」、「橋樑性」之學科特質，以及文藝創作乃成形於「形象思維」、「邏輯思維」、「綜合思維」之心理基礎，而使研究者有進行跨領域研究的可能。然而，辭章學跨領域研究，需要強而穩固的理論基礎，因此建立學科的原理、系統與方法，更是相形重要。本編亦透過實例，從章法的心理基礎與美感效果、意象生成的哲學淵源與同構原理，探討章法學與意象學的「多維性研究視角」；也從對聯章法、電影章法、建築意象、繪本意象等，印證「廣泛性語料應用」。最後，總結辭章學跨領域研究的意義，在於體現了辭章學原理的普遍性。

關鍵詞
辭章學、章法學、意象學、跨領域、科際整合、更新語料

一　前言

　　所謂「辭章」泛指詩詞散文等各類文學作品或藝術體裁[1]。而辭章學即是指研究一切關於各種文藝作品內容與形式之理論與應用的學科。

　　辭章學的跨領域研究，包含兩個向度。一是「多維性研究視角」，也就是站在科際整合的立場，一方面整合與大辭章學相關的研究領域[2]，一方面借鑒相關學科，以建立更完善的辭章學原理，同時有助於實務分析的精緻化[3]。二是「廣泛性語料應用」，辭章學的語料採集研究，不只是圈定在古代詩文，也不只侷限於文學作品之分析，而應放到各種文學藝術載體中去考察辭章理論體系的適應性。這兩個向度的跨界，一偏理論體系和研究方法上的構築，一偏研究對象與範圍的拓寬；一在強化學術價值，一在檢驗應用價值，可說皆具重要性。

1　關於「辭章」一詞，鄭頤壽表示：「辭章是『話語藝術形式』，它包含口語之話篇、書語之文篇，包括藝術體、實用體及其融合體。」見《辭章學導論》，頁 1、15-16。

2　大辭章學的研究領域含括意象學、詞彙學、修辭學、文法學、章法學、主題學、文體學、風格學等。參見陳滿銘《章法學綜論》〈自序〉，頁 1；及其〈論意象與辭章〉，《畢節師範高等專科學校學報》2004 年第一期。

3　陳滿銘主張：辭章分析之角度極多、範圍極廣，必須進行科際整合，才能呈現推陳出新之成果。例如用格式塔同構理論、剛柔風格成分之量化、層次邏輯學等學科與方法，深入鑒賞白居易〈長相思〉詞作。參見〈論辭章分析與科際整合——以白居易〈長相思〉詞為例〉，《章法論叢》（第三輯），頁 1-23。

　　近來，跨領域研究已是學術研究上，為追求多元並蓄發展的普遍現象。如文學與哲學、文學與美學、文學與心理學（如知覺與心覺、思維力、心理治療等）、文學與社會學、影像文本（如電影、動畫、廣告等）與文學、宗教（如宗教義理、宗教經典等）與文學、音樂與文學、戲劇（如展演、劇本等）與文學、繪畫與題畫詩、詩歌名物與生態學、建築與意象學、園林建築與文人情志、兒童繪本與視覺藝術、網路科技與文學等，都能發現相關的專書或學術論文。

　　此外，就整個辭章學的原理原則而言，研究團隊已提高到哲學層次觀照整個理論體系，是哲學思想與文學現象的相連結的研究[4]；再就大辭章學體系下的子領域而言，也多有方家學者嘗試跨領域對話，取得一定的研究成果。如修辭學、文法學除了能以古典文學、現代文學為研究對象外，更能擴大至廣告、相聲、電影、名人名言等[5]。又

4　如陳滿銘《多二一（０）螺旋結構論——以哲學文學美學為研究範圍》（臺北：文津出版有限公司，2007.1）、〈論章法的哲學基礎〉（《國文學報》第三十二期，2002.12），頁 87-126、〈論「多」、「二」、「一（０）」的螺旋結構——以《周易》與《老子》為考察重心〉（《師大學報·人文與社會類》48 卷 1 期，2003.4，頁 1-19）、〈層次邏輯系統論——以哲學與章法學作對應考察〉（《國文學報》第三十七期，2005 年 6 月，頁 91-135）、〈論章法結構之方法論系統——歸本於《周易》與《老子》作考察〉（《國文學報》第四十六期，2009.12，頁 61-94）等。

5　如張春榮即發表有：〈西洋電影口語修辭特色〉（第七屆中國修辭學國際學術研討會，2005）、〈電影智慧語中的比喻〉（《明道文藝》356 期，2005.11）、〈電影媒體教學〉（《國文天地》21 卷 6 期，2005.11）、〈影片名句的優美修辭〉（《明道文藝》358 期，2006.1）、〈電影修辭的藝術性〉（《國語日報》2006.4.26）；出版有：《電影智慧語：西洋百部電影名句賞析》（與顏荷郁合著，臺北：爾雅出版社，

如文法學與廣告標語、詞彙學運用於網路語言的研究、從意象學看廟宇建築中的象徵意義、以章法學論述哲學思想邏輯或新聞語言、以主題學研究《學》、《庸》等[6]。

本文擬由辭章學的學科特質、辭章學跨領域研究的心理基礎與方法論原則，建立辭章學跨領域研究的理論基礎；再鎖定分屬篇章橫向結構與縱向結構的章法學與意象學，從「多維性研究視角」、「廣泛性語料應用」的角度，實際探討辭章學跨領域研究的理論與應用；最後再總結辭章學原理及現象存在於各類文藝作品中的普遍性意義。

二　辭章學跨領域研究的理論基礎

（一）辭章學的學科特質

辭章學的學科特質有三，即「融合性」、「客觀性」、「橋樑性」。此三大特質正是使得辭章學具備跨領域研究

2005.9)、《世界名人智慧語》（與顏荷郁合著，臺北：爾雅出版社，2008.11）；並指導學生陳亭吟發表〈廣告修辭的特色——以廣告標語、歷屆得獎金句為例〉（94學年度國立臺北教育大學語文與創作學系學生論文發表會）等。

6　如張萍《現代漢語標語語法研究》（南京師範大學漢語言文字學碩士論文，2006.5)、郭玉梅、秦鵬飛〈淺談網名使用的得體性〉（《畢節學院學報》2009年3期，2009.3)、郭偉〈網路空間中修辭行為的符號學分析〉（《畢節學院學報》2009年10期，2009.10)、黃淑貞〈以石傳情——談廟宇石雕意象及其美感〉（臺北：國立臺灣藝術教育館，2006.12)、陳滿銘〈《中庸》「自誠明」思想的邏輯結構〉（《孔孟月刊》42卷8期，2004.4)、馮蔚寧〈論新聞語言法美〉（《章法論叢》第一輯，2006.9)、陳滿銘〈論章旨之貫穿——以《學》、《庸》幾段文字為例〉（《孔孟月刊》42卷5期，2004.1)等。

之可能的緣由。

其一，是辭章學的「融合性」，意指其具有融合多學科的特質，也就是以大辭章學體系為上位概念[7]，含攝由形象思維、邏輯思維、綜合思維運作下，所關聯的各個研究次領域，包含意象學、詞彙學（含形、音、義）、修辭學、文法學、章法學、主題學、文體學、風格學等。在各個範疇之間，是有系統的互相聯繫著，整個辭章學體系也呈現出立體關係[8]。

辭章學的這種融合特質之生成，實是為了適應萬象多元的辭章現象，以及細部的「讀」（鑒賞）、「寫」（創作）、「教」（教學）三位元之需要。對此，鄭頤壽就指出：

> 漢語辭章學具有鮮明的融合性、多科性，這才能適切於實際運用的需要。……辭章章法，不限於文章學，是多科相關理論、規律、方法的綜合運用。[9]

文中並舉例說明辭章學多科綜合運用的研究方法，如：議論性內容的篇章，著重從邏輯學理論來分析；又如從情景交融的詩學理論，切入詩歌結構；再如借鑒美學觀點，掌握詩文的時空設計與美感；或從風格學分析陽剛的邊塞詩

---

7 孟建安：「辭章學是章法學的歸屬，是章法學的上位概念。」見〈章法學體系建構的系統性原則〉，《國文天地》23卷1期，頁83-87。

8 相關論述及立體圖表，參見本編「辭章學跨領域研究的心理基礎」小節。

9 見鄭頤壽〈臺灣辭章學研究述評〉，《首屆海峽兩岸閩南文化學術研討會論文集》2001.11，頁1-15。

與陰柔格調的詩作如〈玉階怨〉等。

黎運漢在談辭章章法學的研究方法時，也特別提出「多角度切入法」，他說道：

> 辭章章法現象是一個十分複雜的語文現象，它的生成既植根於民族文化沃土，又從相關學科汲取營養，因而研究章法現象的章法學必然關涉到文章學、修辭學、語體學、風格學、言語交際學、邏輯學、心理學、社會學、文化學和美學諸多方面。[10]

上述諸多相關學科中，有的就收編在大辭章學體系下，而成為子系統，如修辭、文體、風格等；有的則用於辭章章法的多科角度闡釋法，如運用美學、心理學、言語交際學（表達與理解）等，輔助於分析實際作品。

由於辭章學具有融合性，自然而然的就會形成以「多維性研究視角」橫跨多科的研究範疇。

辭章學的學科特質之二，是「客觀性」。意指所有和辭章活動有關的思維及落實到文藝作品之表現的生成過程與現象，是客觀存在的。

從「表達元」的一方來看，首先，就縱向的意象內容而言，辭章家在創作時，總會透過具體材料（事材或物材）的揀擇與運用，將內在抽象的義旨（情意或道理）予

---

10 見黎運漢〈陳滿銘對辭章章法學的貢獻〉，《陳滿銘與辭章章法學——陳滿銘辭章章法學術思想論集》，頁 64-65。

以表出，《文心雕龍》〈神思〉就提到了這種「心物交融」的文藝構思過程[11]。辭章創作者通常於內在有所感悟，並與外在的事景物象共振後，在腦中交會互動，去蕪存菁，於意識中留下印記，並透過語言文字，將此精神活動落實於文藝作品，而在內容上形成鮮明的意象[12]。其次，就橫向的邏輯結構而言，只要是思路縝密的人，在創作時，都會自覺或不自覺的運用合宜的條理來安排內容。這些處理章法結構的理則，不僅是人們與生俱來的能力，更是對應於宇宙「二元對待」、「多樣統一」等自然規律的原理原則[13]。王希杰即肯定的說道：「章法是客觀存在的。」並舉例解釋說：人類生活在時空中，不能超時空而生存，章法就是建立在此時空基礎上，如時間類今昔法、久暫法、時間的虛實法等，和空間類的遠近法、左右法、高低法、空間的虛實法等[14]。同樣的，若反從「鑒識元」的一方而言，由於「人同此心，心同此理」，只要有一定閱讀理解力，並能掌握辭章學的鑒賞方法，那麼，辭章家所創作的

---

11 《文心雕龍》〈神思〉：「故思理為妙，神與物遊。神居胸臆，而志氣統其關鍵；物沿耳目，而辭令管其樞機。」劉勰著、范文瀾注《文心雕龍注》卷六，頁493。

12 參見拙作《辭章意象形成論》，頁6。

13 謀篇布局之理則為人所本有，並對應於萬物運行之規律，所以未習章法者，仍能不自覺的運用某些條理，安排辭章的橫向結構；而了解或已習章法者，則能由不自覺走向自覺，透過方法的學習，將原本處於沉睡狀態的語文能力喚醒，進而對辭章橫向結構之處理，更能覺知，並且運用得更好。參見陳滿銘《章法學新裁》，頁21、89；及其為仇小屏《篇章結構類型論》所作的〈序〉，頁1。

14 參見王希杰〈陳滿銘教授和章法學〉，《陳滿銘與辭章章法學——陳滿銘辭章章法學術思想論集》，頁33。

文藝作品是可感知的、可分析的，此亦足證辭章學是客觀性的。也由於辭章學理是客觀存在的，所以，它的解釋力和適應面，相對來說就會比較大。

其三，是「橋樑性」。辭章學研究具有很強的橋樑性，架起理論基礎與實務應用之間的聯繫。其中，理論基礎包含各子系統學科的研究範圍、原理原則、方法論等，實務應用則指落實於各種文藝作品，透過具體的語料，進行分析鑑賞，以及中小學閱讀與寫作等語文教學。王本華提到：

> 漢語辭章學是一門應用學科……「橋樑性」的學科，是語言學的基礎知識、基礎理論同語言運用之間的過渡性、橋樑性學科。前者包括語音學、語彙學、語法學、修辭學等基礎知識、基礎理論，後者主要指語文教學，也就是培養提高聽說讀寫的實際運用語言的能力的學科。[15]

鄭韶風也解釋了橋樑性的含義：

> 橋樑性有兩個含義：
>
> （一）在語言學的各種基礎知識、基礎理論（以下簡稱「雙基」）這一端，同培養提高聽、說、讀、

---

15 見王本華〈張志公先生與漢語辭章學〉，《漢語辭章學論集》，頁4。

寫這實際應用的另一端，建一座「橋」。……

（二）從「四六結構」來分析，辭章學還是架在說、
寫與聽、讀之間的一座橋（鄭頤壽《辭章學導
論》，頁 331）。[16]

這裡從兩個角度來說明「橋樑性」的意義，一是架在「雙
基理論端」與「實際應用端」之間，一是架在「說、寫之
輸出端」與「聽、讀之輸入端」之間。

鄭頤壽則是從學術研究的社會功能來看待辭章學的橋
樑性特質，他說：

學術研究，新學科建設，都具有社會功能，為解決
社會人群的一定需要，而不是虛無縹緲的為研究而
研究，與社會不沾邊的學術活動。[17]

辭章學的功能就在於為社會人群透過話篇、文篇等任何藝
術載體，以進行溝通、交流等辭章活動的需求而服務。因
此，學者們無不致力透過辭章學的原則、範疇、內涵為媒
介，搭起「知」（理論）、「行」（實踐）相輔相成的橋樑。
鄭教授接著說：

---

16 見鄭韶風〈試談陳滿銘教授「讀寫雙向互動」的辭章觀〉，《陳滿銘與辭章章法
學——陳滿銘辭章章法學術思想論集》，頁 326。

17 見鄭頤壽〈臺灣辭章學研究述評〉，《首屆海峽兩岸閩南文化學術研討會論文集》
2001.11，頁 1-15。

> 辭章章法學，是從實實在在的「行」（教學實踐）
> 中總結出來的「知」（理性認識），又用之於「行」
> （教學實踐），進行檢驗，進一步「充實」、「擴
> 充」，昇華為更高一層的「知」（理性認識），循環
> 往復，而使辭章章法的理論逐步「由樹而成林」，
> 建構辭章章法論的系統。[18]

足見在「知」與「行」之間，實是雙向互動而又循環、向
上提升的螺旋關係。

在實例方面，鄭韶風特別從寫作教學的「讀寫雙向互
動」觀點，突顯辭章學的「橋樑性」。他以陳滿銘的《作
文教學指導》為例，認為書中談「命題原則」、「命題範
圍」、「命題方式」等，都是雙基理論端；「命題舉隅」就
轉入實際運用端。談「立意」、「運材」、「布局」的原則是
「雙基」；談主旨安置的實例，又連結到實際應用技巧。
而在「非傳統式」作文命題中，如擴寫、縮寫、改寫、閱
讀心得、設定情境等，多半要求學生先就提供素材「閱
讀」，然後扣緊「讀」的內容進行聯想或想像，然後「寫
作」，這種寫作教學就在「讀」與「寫」之間架了一座
「橋」[19]。除此之外，從這個橋樑性檢視實例，亦可看出

---

18 見鄭頤壽〈臺灣辭章學研究述評〉，《首屆海峽兩岸閩南文化學術研討會論文集》
2001.11，頁 1-15。需進一步說明的是，辭章章法學最早是為了因應與解決中學國
文教學上，有關內容與形式深究的種種問題。

19 參見鄭韶風〈試談陳滿銘教授「讀寫雙向互動」的辭章觀〉，《陳滿銘與辭章章法
學——陳滿銘辭章章法學術思想論集》，頁 326-327。

辭章學與寫作學、教育學的跨領域結合。

綜上所述，由於辭章學本身具有這三大學科特質，因此，辭章學的跨領域研究，在「融合性」的基礎下，體現在各個鄰近學科之間連結，使辭章學擁有「多維性研究視角」；在「客觀性」方面，則印證了辭章學的「廣泛性語料應用」，因為形象與邏輯的思維力作用，縱向的內容和橫向的結構乃客觀存在於古今文學或藝術作品中，在考察的研究對象上，自然具有跨出古典詩文，進行廣泛探索的可能；而在「橋樑性」方面，則因辭章學的研究強調並致力「理論」與「實際」的不可分割，而得以借鑒辭章學的方法論原則，指引相關文藝作品的鑑賞，同時也能回返，檢驗理論的可靠性與適應性。

（二）辭章學跨領域研究的心理基礎

具創造力的文學藝術作品，皆成形於「思維力」的運作，它包含「形象思維」、「邏輯思維」、「綜合思維」，可以說，這就是辭章跨領域研究之心理基礎。其內涵意味著：一、辭章學存在多科融合性；二、辭章學學理擁有普遍的解釋力；三、辭章學的研究語料能適度的、跨領域的擴展。

「形象思維」、「邏輯思維」、「綜合思維」這三種思維力，各有所主。陳滿銘闡釋道：如果是將一篇辭章所要表達之「意」，訴諸各種偏於主觀之聯想、想像，和所選取之「象」連結在一起，或者是專就個別之「意」、「象」等

本身設計其表現技巧的，皆屬「形象思維」，這涉及了「取材」、「措詞」等有關「意象」之形成與表現等問題，主要以此為研究對象的，就是意象學（狹義）、詞彙學與修辭學等。其次，如果是專就各種「象」，對應於自然規律，結合「意」，訴諸偏於客觀之聯想、想像，按秩序、變化、聯貫與統一之原則，前後加以安排、布置，以成條理的，皆屬「邏輯思維」，這涉及了「運材」、「布局」與「構詞」等有關「意象」之組織等問題，而主要以此為研究對象的，就語句言，即文（語）法學；就篇章言，就是章法學。至於合「形象思維」與「邏輯思維」為一，探討整個「意象」體性的，則為「綜合思維」，這涉及了「立意」、「確立體性」等有關「意象」之統合等問題，而主要以此為研究對象的，為主題學、意象學（廣義）、文體學、風格學等[20]。

　　質言之，「形象思維」是運用典型的藝術形象，來顯示各種事物的特質，以表情達意[21]；「邏輯思維」是用抽象概念來顯示各種事物的組織，使情意思想及物事材料形成條理[22]；「綜合思維」是結合形象思維與邏輯思維，將文藝

---

20 見陳滿銘〈論語文能力與辭章研究──以「多」、「二」、「一（0）」螺旋結構作考察〉，《國文學報》第三十六期，頁 67-102。

21 彭漪漣：「形象思維需要遵守聯想律，也就是形象結合的方式。具體一點說，人們在文藝創作中，必須從對象中選取最足以揭示其本質的形象，用聯想律（如時空上的接近聯想、現象上的相似聯想、事件間的因果聯想和對立面的對比聯想等）來把握形象的內在聯繫，形成具體的詩的意境，或構想出典型環境中的典型性格。」見《古典詩詞邏輯趣談》，頁 13。

22 吳應天：「人們的思維既有形象性，也有邏輯性，所以既可寫成形象體系，也可

作品統合為有機整體。

　　從學科體系的上下位概念而言，因為三種不同的思維力彼此相互運作、連結，而使得各個子領域學科之間，形成有層級性的立體關係；從創作面而言，正因為人們具有這樣的心理基礎，才能透過這些思維能力的綜合調控，精心構築出獨特而鮮明的藝術世界。從鑑賞面而言，因為有利於此三大思維所建立起來的各種理論、原則、方法等，研究者也才能就辭章學的整體或個別為對象，選擇合適或需要的語料加以研究。

　　基於三大思維力所形成的辭章學體系，可圖示如下[23]：

寫成邏輯體系。……如果辨證地看問題，那就知道形象體系中寓有邏輯性，邏輯體系中也包含著形象性，兩者不僅互相聯繫、互相滲透，而且還互相結合、互相轉化。原因在於形象性和邏輯性具有對立統一關係。正由於這個緣故，由於簡明扼要的邏輯系統很容易為人們所理解，而生動具體的形象體系更容易使人感動，所以許多文學作品往往是形象性和邏輯性結合的複合文。」見《文章結構學》，頁 345。

23 參見陳滿銘〈論篇章辭章學〉，《國文學報》第三十五期，頁 35-68。又，此立體圖表由陳滿銘修訂於〈篇章內容、形式包孕關係探論——以多二一（0）螺旋結構切入作探討〉文稿，頁 6。

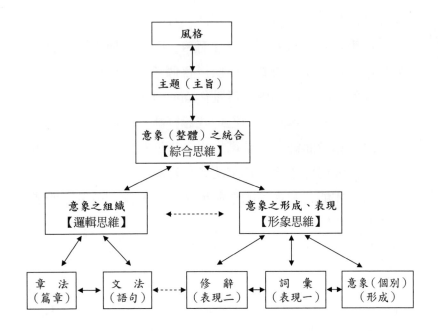

從體系圖表可以清楚觀察到「形象思維」、「邏輯思維」、「綜合思維」擔負辭章學研究之心理基礎的地位,也能看見收編於大辭章學上位概念下的各個子學科,更能藉由內容與形式、整體與個別、字句與篇章、多樣與統一等內涵,輔助分析者找到著力點,以突顯研究對象的特色。若再就跨領域研究來舉例,如以「邏輯思維」為心理基礎,辭章學研究者能夠在敘事電影中,借鑒篇章結構分析法,掌握情節鋪陳的邏輯條理;又如透過文法學能了解新聞標題的常用句法和語言效用;又或是奠基於「形象思維」,在電影對白中,運用修辭學去發現話語中的修飾技巧,並體悟箇中人生智慧;再如結合意象學、建築學、民俗學的

雙基（基礎知識、基礎理論），分析建築的空間符碼或吉祥圖騰的文化涵義（含形象思維與綜合思維）等等。

（三）辭章學跨領域研究的方法論原則

進行跨領域研究的前提，是要有強而穩固的理論基礎。前文在述及辭章學的橋樑性時，就特別關注在理論與實際的雙向互動上，對此，王德春就從廣義語言學的理論與應用，提出它們各自的任務和彼此的關係：

> 一切理論科學的原理在用來解決實際問題時，都會產生與之相應的應用科學……理論語言學的根本要務是系統而深刻地進行語言學基礎理論的研究，對應用語言學提出啟發性的、指導性的意見和科學根據。應用語言學一方面要應用理論語言學的成果，另一方面要研究應用過程本身，因時因地制宜地應用語言理論解決實際任務。[24]

可見，若是「雙基理論端」未搭建穩固，就無法與「實際應用端」產生好的連結橋樑。

孟建安也特別以「理論系統」和「實踐系統」，對應「多、二、一（0）」螺旋結構，繪出三層級辭章章法學體

---

24 見王德春〈適應語言學發展趨勢的論著──評陳滿銘教授的辭章學〉，《陳滿銘與辭章章法學──陳滿銘辭章章法學術思想論集》，頁50。

系圖[25]：

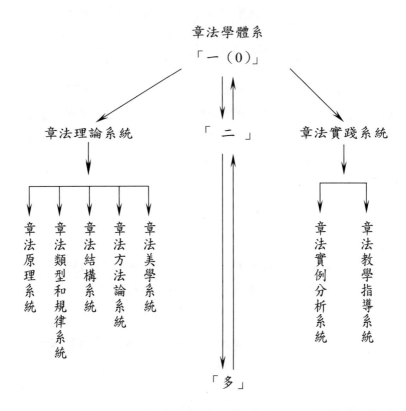

從上表除了可以看出辭章章法具有嚴密的多層級理論體系外，更能看到理論與實踐兩大系統的密切關係。不過，孟教授也強調：

　　體系圖中所給出的「章法實踐系統」主要是指運用

---

25 見孟建安〈章法學體系建構的系統性原則〉，《國文天地》23 卷 1 期，頁 83-87。

章法理論來指導辭章章法分析和辭章章法教學，因此雖然說是實踐系統，但依然具有較強的理論性。[26]

可見「理論系統」與「實踐系統」之間，也存在著包孕關係，而非切割成兩個無關的獨立系統。事實上，這樣的體系圖也能擴大到整個辭章學來看待，也就是說，「多」為辭章學的原理系統、類型系統、方法論系統、各個下位系統的子學科、教學系統、分析系統；「二」同樣是由「辭章學理論系統」、「辭章學實踐系統」組成，最終統合於「辭章學體系」，為「一（0）」的一級層次。

以下分就章法學與意象學，歸納其理論系統中的主要內涵，以建立其方法論原則。

1 章法學的方法論原則

以章法學而言，首先，謀篇布局之理則為人所本有，並對應於宇宙自然規律的「二元對待」關係。在目前從古今辭章上所發現與歸結出來的三、四十種章法類型中，其基本原理即奠基於兩相對待的關係，例如：今昔法的過去與現在、久暫法的歷時長與短；空間的遠與近、高與低、內與外、狀態變化法中最常見的動與靜；次如：原因與結果、本與末、淺與深；再如：以「具體與抽象」兩兩相對的總括（凡）與條分（目）、抒情與寫景、敘事與議論，

---

26 見孟建安〈陳滿銘與漢語辭章章法學研究〉，《陳滿銘與辭章章法學——陳滿銘辭章章法學術思想論集》，頁 131。

以「真與假」互映的設想與事實、夢境與醒覺、虛構與真實等，還有各種以虛與實相對應的章法；又如：兩者以相似或相反的特性形成對待的正與反、貶抑和頌揚、賓與主、自然（天）與人事（人）、局部（偏）與整體（全）等等。對此，王希杰即指出，章法學研究始終貫穿著二元對立的觀念，或者說，二元對立是章法學研究的方法論原則[27]。

其次，章法雖以二元對待的關係為基礎，但內部所構成的體系，並非僅只於平列式的關係，而是與「多、二、一（0）」螺旋結構密相結合，呈現出具有層次性的關係。「多」是指核心結構以外各層的所有其他結構；「二」是核心結構所形成的或陽剛（對比）、或陰柔（調和）之關鍵的二元對待關係；至於「一」即是辭章作品的主旨，而「一」上的「0」，指的是辭章的風格、韻味、氣象、境界等抽象力量[28]。

其三，除了「二元對待」與「多、二、一（0）」螺旋結構之外，還應掌握秩序、變化、聯貫、統一等四大章法規律，以及將紛繁的章法類型，從「求同」角度歸納為圖底、因果、虛實、映襯等四大章法族性。「秩序」是將材料依序加以整齊安排，「變化」則是做出順逆交錯的參差

---

27 參見王希杰〈章法學門外閑談〉，《陳滿銘與辭章章法學——陳滿銘辭章章法學術思想論集》，頁22。

28 參見陳滿銘〈章法的「多、二、一（0）」結構〉、〈論「多」、「二」、「一（0）」的螺旋結構——以《周易》與《老子》為考察重心〉，收於《章法學綜論》，頁227-271、459-506。

安排,「聯貫」是就材料之間的銜接或呼應而言,「統一」就是透過主旨或綱領,保持整個篇章的和諧統一。「圖底家族」強調背景與焦點的關係,可收編時空類章法。「因果家族」根據事理展演的因果關係來組織內容。「虛實家族」則包括具體與抽象、時空的虛實、真與假等類型的各種章法。以上皆是掌握三、四十種章法類型不可或缺的分類。

2 意象學的方法論原則

以意象學而言,首先需釐清意象之形成成分。所謂的「意象」,乃結合「意」與「象」而成[29]。若對應於形成辭章內容之四大要素而言,則「情」與「理」為源於主體之「意」;「景(物)」與「事」為取自客體的「象」。由於辭章家所選以描述的客觀事件、景物,實是為了表達主觀的情意或思想而服務,故依這層主從關係,可將其統括為「核心成分」和「外圍成分」兩大類。

其次是意象連結的同構原理。意象之所以能夠形成,源自於主客體的互動與交融,而這質的相異的主(意)客(象)之間之所以能相互契合統一,則是因為兩者在力的圖式上「同構」[30]。同構性是意、象相連的必要條件,因

---

29 陳滿銘:「從源頭來看,『意象』是合『意』與『象』而成,而『意』與『象』,乃根源於『心』與『物』。」見《意象學廣論》,頁 13。又,李元洛:「意象是意與象的融合,是生活的外在景象與詩人的內在情思的統一。」見《詩美學》,頁168。
30 「構」是在「情」、「理」、「事」、「景」之間能夠取得相互連結的一種內蘊力量。

此在進行意象分析時，就必須花工夫在眾多內外因素中加以判斷與確認[31]。

其三是「個別意象」與「整體意象」的兩大意象類型。廣義的「整體意象」是就辭章作品的全篇而言，通常可以析為「意」與「象」兩個概念，其研究對象包含全篇最核心之主旨（含安置之部位與表達之顯隱），及其統合自個別意象的整體意象群。而狹義之「個別意象」則屬於局部，往往將意象合稱，並含括「一意多象」與「一象多意」的不同類型。

若結合以上兩大辭章學子系統（章法學、意象學）的方法論原則而言，則可透過下列圖表統整其理論體系，並與「多、二、一（0）」螺旋結構作對照：

此觀念來自格式塔學派。參見陳滿銘《意象學廣論》，頁 152。

31 參見孟建安〈至高宏闊的視野，新穎可靠的結論──陳佳君《篇章縱橫向結構論》簡析〉，《國文天地》26 卷 4 期，頁 76-80。

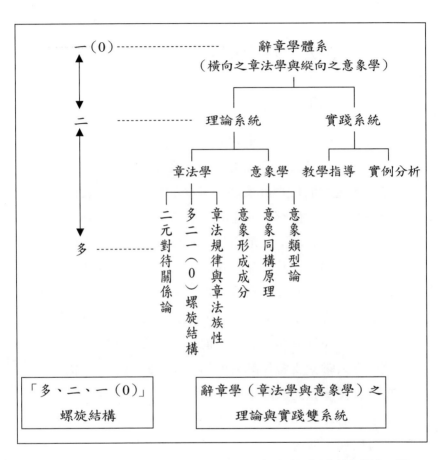

如此一來，建立好章法學與意象學的方法論原則，即可作為實際進行跨領域語料分析的理論基礎。

三 章法學跨領域研究的理論與應用

（一）多維性研究視角

　　首先，從「多維性研究視角」而論，辭章家在進行創作時，會有意識或無意識的順應審美心理的流向與波動去謀篇布局，從而使作品反映出多樣的美感[32]。一般而言，每一種章法類型都有其相應的心理基礎，邱明正在《審美心理學》中即表示：人創造美的心理活動是以一定的審美心理結構為中介、載體和基礎的，一切客觀存在的美，只有經過人的審美心理結構的相互作用，才能被人所感知和進行能動創造[33]。此外，每一種章法也都有它的獨特性和美感效果，而探究美感層面不但是基於人的審美需要，也是藉此深入掌握文藝作品價值的門徑。此即章法學需借鑒心理學與美學做跨領域研究的緣由。陳滿銘就點出，跨領域的連結心理學與美學的章法學，是一種牢籠本末始終的全方位研究，他說：

　　　　結合心理基礎與美感效果來研究章法，求的正是
　　　　「真、善、美」。因為探討心理基礎，就是求
　　　　「真」；探討章法結構，就是求其規律化，亦即求

32　參考張紅雨《寫作美學》，頁 194。
33　參見邱明正《審美心理學》，頁 21。

「善」；而探討美感效果，則是求「美」。[34]

可見，如此跨領域的搭橋，其作用及優勢就在於辭章章法學對「真、善、美」境界的追求。

孟建安則列舉七大項，評述漢語辭章學闡釋了眾多新概念，並解決許多重大的理論問題，其中一項就是「從審美層面有重點地探索了章法的美感效果」，如「陰陽二元對待」與「多、二、一（0）」結構所形成的「移位」、「轉位」的節奏及韻律、對比美與調和美、秩序美與變化美等。在在都突出了辭章章法學的審美效應問題[35]。

以虛實章法為例[36]，其類型有具體與抽象、時空的虛實，和真實與虛假三大類，並且各自囊括泛具法、點染法、凡目法、情景法、敘論法、詳略法；時間的虛實法、空間的虛實法、時空交錯的虛實法；設想與事實的虛實法、願望與實際的虛實法、夢境與現實的虛實法、虛構與真實的虛實法。而相對於此三大類型而言，其形成的心理基礎就在於具體與抽象的思維方式、時空設計的心理機制、審美想像活動，以及綰合「虛」、「實」對應的審美對立原則。

---

34 見陳滿銘《章法學新裁》，頁10。

35 參見孟建安〈陳滿銘與漢語辭章法學研究〉，《陳滿銘與辭章章法學──陳滿銘辭章章法學術思想論集》，頁114-115。

36 本文因限於篇幅，於章法學之「多維性研究視角」部分，主要舉「虛實法」結合心理學與美學之研究為例，並作簡短摘要，以見一斑。詳見拙作《虛實章法析論》，頁7-16。

　　由於人具有具體思維與抽象思維的能力，故辭章家在作品中，常會以具體的人、事、景、物，來表現抽象的思想、感情、理念、意志，也能透過具體詮釋和抽象概括的思維模式，對寫作材料進行不同的處理，此即具體與抽象類虛實法的心理基礎[37]。而因為人能感知物理時空，也能反映心理時空，故在針對時空來謀篇布局時，不但能隨順一定的時空秩序與狀態，也可以將之變異、逆溯或重組，這些都是形成時空虛實法的心理基礎[38]。再就真與假中設想與事實、願望與實際、夢境與現實、虛構與真實來看，就「虛」的方面說，其根源都來自審美想像的心理活動，只是它們在性質、程度、方法、目的等方面有所差異，而這些想像活動又必須是以現實為基點，以創造出高於現實的藝術真實[39]。然而，最重要的還是審美對立原則，無論是虛實法的源頭──「有」與「無」，或是各種相關的心理活動，以及它所透顯的章法現象，乃至於其美感效果等，皆是以審美對立原則為根源[40]。

　　再就虛實法的美感效果而言，當辭章之情理安置於篇

---

37 陶水平的《審美態度心理學》就闡述了審美主體具有主動整合「對象的感性材料」（具體）與「主體的心理內容」（抽象）的作用。參見《審美態度心理學》，頁 58-59。

38 彭聃齡在《普通心理學》中曾對於「時間知覺」與「空間知覺」作出解釋。參見《普通心理學》，頁 277-278、255。

39 關於「審美想像」之論述，參見朱豐順〈關於文藝心理學中的幾個基本概念〉，《心理學》1993 年第 3 期，頁 81；葉朗主編《現代美學體系》，頁 186；童慶炳《中國古代心理詩學與美學》，頁 37 等。

40 參見邱明正《審美心理學》，頁 94。

外，則需靠讀者加以填補與體會其言外之意，因此常會獲致「化虛為實的含蓄美」；當辭章作品藉由「化實為虛」，進一步地突出虛寫的部分時，則能使作品生發出自由騰飛的美感，此即「化實為虛的自由美」；而以虛實並用的結構類型來說，無論是符合秩序律的一般型，或是符合變化律的變化型，都能形成「虛實交錯的靈動美」。總之，在一篇以虛實法布局的佳作中，虛與實必定是由對立而統一，從而生發出「虛實相生的和諧美」[41]。

林大礎、鄭娟榕曾針對虛實章法的心理基礎和美感效果之相關研究指出：探討辭章章法的心理基礎與美感效果，是突破學科侷限，聯繫起相關學科，並體現了辭章學的融合性、橋樑性與整體性[42]。此即章法學「多維性研究視角」之例。

（二）廣泛性語料應用

其次，本節擬從「廣泛性語料應用」的視角，舉章法學實際運用於跨領域語料之分析為例證。

事實上，邏輯結構存在於任何事物內部，雖然一般有所謂「文無定法」之說，但正如王希杰所言，在「無法」中事實上有「法」，「無法」就是「法」。王教授論述道：

---

41 參見陳望道《美學概論》；童慶炳《中國古代心理詩學與美學》，頁 102；曾祖蔭《中國古代文藝美學範疇》，頁 172；張紅雨《寫作美學》，頁 224；張法《中西美學與文化精神》，頁 62。

42 參見林大礎、鄭娟榕〈臺灣辭章學的又一新秀新作──陳佳君《虛實章法析論》評介〉，《國文天地》19 卷 6 期，頁 109。

對法和章的追求，是人類的本性。有章有法，才能
夠安定和諧。雜亂無章，無法無天，只能夠給人帶
來煩躁、焦慮、恐怖感的。凡存在的事物，都是有
「章」有「法」的。德國哲學家黑格爾說，凡存在
的，都是合理的。這個「理」，其實就是「章」和
「法」。[43]

對於邏輯條理的存在，以上論點先回歸到初始，提出為了
獲致穩定感，追求「章」和「法」本是人之天性，再引證
黑格爾之說，歸納出「凡存在的事物，都是有『章』有
『法』的。」其闡釋是十分重要的，尤其是對於未識邏輯
思維會在人之大腦中運作，並反映在文學藝術之創造上，
或對章法不自覺、甚至反對「法」之存在者，更有著肯切
的闡釋效用。也由於結構存在於一切事物，那麼，章法學
的跨領域研究才具有可操作性。

1 對聯章法

首先，以「對聯章法」來考察。對聯是中國文學中最
小的、最常見的、最簡短的文體，一副對聯就是一篇完整
的辭章體。初步觀察，可以很容易的掌握住上下聯的對偶
性，但在這種對偶形式中，還能進一步由對聯的內容，梳
理出上下聯之間的邏輯關係。然而辭章橫向結構又是十分

---

43 見王希杰〈陳滿銘教授和章法學〉，《陳滿銘與辭章章法學——陳滿銘辭章章法學
術思想論集》，頁32。

講究層次性的，因此，除了上下聯所組織成的第一層結構外，還能往下深入的分析出對聯內容的各層章法關係。體製越宏大的對聯，其篇章結構就有可能具有複雜的多層性結構。王中安曾於《對聯修辭藝術》中提出：

> 從形體上看，對聯有長有短。所謂長聯，就是用的詞語多，而結構複雜；所謂短聯，就是用的詞語少，而結構簡單。[44]

而提及長聯，就立刻聯想到雲南昆明的大觀樓長聯，它素有「古今第一長聯」、「天下第一長聯」的美譽，兩百多年來，一直受到古今眾多遊人名士的雅賞。長聯之內容如下：

> 五百里滇池，奔來眼底，披襟岸幘，喜茫茫空闊無邊。看：東驤神駿，西翥靈儀，北走蜿蜒，南翔縞素。高人韻士，何妨選勝登臨。趁蟹嶼螺洲，梳裹就風鬟霧鬢，更蘋天葦地，點綴些翠羽丹霞。莫孤負，四圍香稻，萬頃晴沙，九夏芙蓉，三春陽柳。數千年往事，注到心頭，把酒凌虛，歎滾滾英雄誰在？想：漢習樓船，唐標鐵柱，宋揮玉斧，元跨革囊。偉烈豐功，費盡移山心力。儘珠簾畫棟，卷不

---

44 見王中安《對聯修辭藝術》，頁169。

及暮雨朝雲，便斷碣殘碑，都付與蒼煙落照。只贏得，幾杵疏鐘，半江漁火，兩行秋雁，一枕清霜。

上聯是寫登樓所見的風光，景中有事；下聯則藉懷想史事來抒發感慨，事中有景。其簡要的結構分析表為[45]：

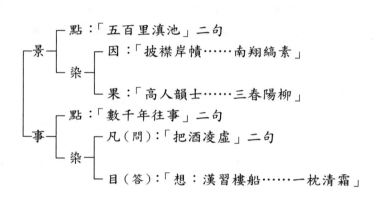

就上聯來說，作者先在首二句，以廣闊的滇池景致奔入眼底，來引起下文，由第三句開始，則為寫景的主體，形成「先點後染」結構。在「染」的部分，前半寫自己喜賞美景，與後半對文人志士發出「何妨選勝登臨」的再三招徠，又形成因果關係。下聯的情緒則是轉「喜」為「歎」[46]，開頭先以「數千年往事，注道心頭」為引子（「點」），由上聯的寫景過渡到敘事，「把酒凌虛」以下為「染」，先歎

---

45 此處為作簡要說明，僅以三個層次來展現大觀樓長聯的結構表，詳細的結構表及說明，參見拙作《篇章縱橫向結構論》，頁310-315。

46 陳家詮：「就內容分析，上聯是『喜』，盡情領受眼前佳景；下聯是『嘆』，依次陳說歷史沿革。」見《名聯欣賞》，頁18。

問滾滾英雄有誰尚在，再一一交代歷朝與雲南相關的史實，抒發內心的感慨。

這副長聯在內容上，是從眼前所見的風光，擴大到歷史演變的規律，不但深化了長聯的內涵，也加強了它的感染力。而在章法上的特色，可以歸納出它是以「先景後事」的結構形成第一層的篇結構。若分就上、下聯觀之，則可發現它們同樣以「先點後染」形成第二層結構，而在「章」的部分，則各有變化，這是由於長聯雖然運用了相同的句法，但所表達的內容若不同，其組織的邏輯關係也會不同。

以大觀樓長聯為章法學之研究對象，能藉此展現創作者之精細構思及對聯章法之特色。王希杰表示：雲南大觀樓長聯被公認為最長的對聯，現在好像發現了更長的，但是的確是最長而又最精彩的。不過，如果不分析，就是混沌一團。科學就是分析，分析就是學問。又說：此為對聯分析之範例，而且可以證明「章法學是成功的、科學的、有用的，可以廣泛運用的。」[47]

2 電影章法

再以「電影章法」而言。章法雖然原指文學作品內容之深層條理，然就電影文本而言，同樣需要重視情節鋪陳之邏輯與條理，尤其是敘事類的電影。就敘事電影而言，

---

47 參見王希杰《漢語修辭學》（修訂本），頁 256-257；及王希杰、仇小屏、陳佳君〈章法學對話〉，《章法論叢》（第二輯），頁 36-87。

欲研究其結構，則需由其故事與情節來把握。故事是敘事的原材料，情節則是以某種次序形成其內容的安排或結構。一般說來，情節發展本就存在著某種邏輯的連貫性[48]，因為這關係到故事是如何由各個段落組織成一整體。

以《高山上的世界盃》（*The Cup*）為例[49]，影片透過如何在印度喜馬拉雅山中的寺院，觀看世界盃足球賽的事件，表現出師父與大師兄的教導哲學，以及小喇嘛們的友情與團結，更探討了傳統與文明之間如何取得平衡[50]。其敘事結構在第一個層級上，是以「先順後補」的模式構成，也就是先順敘故事情節，再於影片的結尾處，補充說明後續發展，而核心結構主要則為「敘」（敘事）與「論」（說理）兩部分組織而成。茲將其邏輯結構繪表如下：

---

48 參見 Timothy Corrigan 著、曾偉禎等譯《信手拈來寫影評》，頁 57-58；及林文寶〈敘述、敘事與故事〉，《兒童文學學刊》第三期，頁 54。

49 本片曾獲一九九九年多倫多影展觀眾票選獎之銀獎、慕尼黑影展國際注目新人獎，為同年金馬獎國際影展之參展影片，更是不丹第一部提名角逐奧斯卡最佳外語片的作品。

50 陳念萱：「《高山上的世界盃》既真實地記錄了藏族在印度的流亡生活，更寫實地傳達了寺院中的教育演化過程。古老的傳統文化值得珍惜，新興科技的變化更無法漠視。」此外亦表示：片中既有自己文化傳統的驕傲，更清楚地展現世界脈動的表面影響力，根本無法動搖他們的信仰根基，也由於信仰的紮實根基，才能維繫如此穩固的生命力與開闊的包容力。參見〈傳統與現代的新思維──評析電影《高山上的世界盃》〉，《人生雜誌》198 期，頁 28-31。

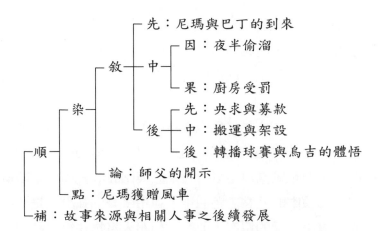

敘事的部分乃依事件發生的時間先後，來鋪排細節。先交代在寺方的擔憂中，兩個從西藏逃離的甥舅——尼瑪和巴丁終於抵達，並遵循傳統，拜見上師、獻上哈達，剃度成為喇嘛。再敘述烏吉和其他喇嘛們因夜半偷溜到村子看球賽，而被派到廚房受罰。然而，今晚就是世界盃的總決賽，不能偷溜的小喇嘛們，竟想出了在寺院看球賽的點子。在獲得師父首肯後，小主角們隨即分頭展開募款、搬運、架設之事。當電視架設好之後，烏吉示意要尼瑪與巴丁坐最好的位置，但在募款中失去母親留下的錶，尼瑪十分不開心。球賽進行時，弄得全寺人仰馬翻的烏吉，反而無心觀看轉播，頻頻回望躲在角落悶悶不樂的尼瑪。烏吉因而有所體悟，離開臨時布置的轉播室，回到寢室，挖找著自己任何可能「值錢」的物品。

接著，鏡頭帶到寺院上課的情景，由「敘」轉入

「論」。老師父向喇嘛們開示，並說道：人生難免有許多恐懼和痛苦，能夠面對心中的魔，把自我拋開，愛他人如愛自己，才能讓自己從傷害中釋放，並同時釋放那些深陷苦海的人。

然後，在片尾，烏吉送給尼瑪一只風車，微笑著目送尼瑪開心的向遠方奔去，是故事末尾的餘韻（「點」）。此時，鏡頭也順勢以遠景，在草原與山脈的畫面背景陪襯著以童聲演唱的藏文主題曲中，運用字幕，強調這是一部由真人實事改編的電影，並交代相關人事物往後之狀況，是為「補」。

由此可知，《高山上的世界盃》一片之敘事條理，善用了「先敘後論」的核心結構，這樣的電影章法十分適合於表現充滿哲理的主題，並能很自然的傳達出導演所要表現的理念。在敘事的部分，則運用今昔（先後）法，依時間先後鋪陳故事內容，使事件生發之來龍去脈清楚的訴說出來。而本片的第一層結構則是「先順敘再補敘」，達到敘述主體與補充的延伸性，讓閱聽者能進一步關心劇中大背景及主角們的後續發展，並使電影在符合秩序律的同時，也兼顧變化律[51]。

因為內容需要藉由形式展現，所以沒有「無形式」的

---

51 為求辭章產生變化，主要能靠追敘、插敘與補敘的手段來達成。所謂的「補敘」，是對前文所漏敘或語焉未詳者加以補充敘述的意思。參見陳滿銘《章法學新裁》，頁282。

內容[52]，電影文本亦是如此。章法分析能將內容的組織條理梳理出來，因此，透過章法學的分析法，能有助於掌握電影情節的安排模式，並對內容有更深入的理解。

四　意象學跨領域研究的理論與應用

（一）多維性研究視角

本節先從意象學結合哲學與心理學的「多維性研究視角」而論。

從哲學層面上溯意象理論之源頭，一直受到意象學研究者的注意，尤其是《易傳》裡關於「觀物取象」、「立象盡意」等象、意概念的論述，更是直接影響了中國古典文學意象論的發展[53]。在「觀物取象」方面，聖人因見天下萬物複雜紛紜的現象，從而以卦象來比擬它的形態，象徵其事物之所宜，也就是說，《易經》是透過「象」來代表天地間、自然界乃至人事界種種的複雜情形，並用來指示人類各方面避凶趨吉的道理。嚴雲受《詩詞意象的魅力》解析道：

52　參見仇小屏《陳滿銘與辭章章法學——陳滿銘辭章章法學術思想論集》〈前言〉，頁 38。

53　參見嚴雲受《詩詞意象的魅力》，頁 10。此外，本文因限於篇幅，於意象學之哲學淵源部分，謹舉《易傳》為例，並作簡短摘要，以見一斑，詳見拙作《篇章縱橫向結構論》，頁 16-22。

「象」來源於客觀世界，必須觀察自然、社會的紛
繁多樣的事物，「擬諸其形容」，才能創造象，從而
體現「天下之賾」，即深賾難明的至理。[54]

可見《周易》的象、意系統都是以形象來表明義理的。值
得注意的是，透過符號所顯現的卦象、形象，即屬「實」
的「象」，而所象徵的事理、義理，則屬「虛」的「意」，
這樣的對應關係，若過渡到文藝學的範疇上來講，正點出
辭章意象論中，意與象為主客關係的根本所在。

在「立象盡意」方面，〈繫辭傳〉特別提出「象可盡
意」、「辭可盡言」的論點，認為形象性的符號，可以充分
體現深邃委曲的「意」[55]。正如王弼在《周易略例》〈明
象〉中所說：「盡意莫若象，盡象莫若言。言生於象，故
可尋言以觀象；象生於意，故可尋象以觀意。意以象盡，
象以言著。」[56]尋言可以觀象，尋象可以觀意，所謂「理
念」、「情意」（虛的「意」），可透過「形象」（實的
「象」）來表現，而且可以表現得十分清楚、具體。胡雪

---

54 見嚴雲受《詩詞意象的魅力》，頁 12。敏澤亦言：《周易》最根本的特點，就是由
   變化多端的卦爻之象，來表現流動不居的現實的吉凶禍福。參見〈中國古典意象
   論〉，《文藝研究》1983 年第三期，頁 55。又，胡雪岡：「《易》象是無所不包
   的，『成天地之文』、『定天下之象』（〈繫辭上〉）顯然其中除自然物象外，還包括
   大量的人文事象，如農事、畋獵、婚嫁以至國家政治、戰爭征伐，而且滲透著人
   的精神和情感。」見《意象範疇的流變》，頁 27。

55 嚴雲受：「深邃委曲的『意』，不能用概念性符號完全表達，卻可以用形象性符號
   充分體現。」見《詩詞意象的魅力》，頁 10-11。

56 見王弼《周易略例》，頁 21-22。

岡在《意象範疇的流變》中便提出：

> 《易》象和藝術意象都是通過「象」來反映生活和
> 表達思想情感，這其間是有相通或相似之處的。[57]

「立象以盡意」是意念和物象的渾然整合，它概括了文藝創作心與物交融的觀照作用。透過對象的主體化和主體的對象化，使「意」與「象」互為條件又相互生發，於是藝術胚胎得以發展而成為意象。

　　借鑒心理學來研究意象學理論的實例，曾運用於探索「意」與「象」何以能連繫、交融的內部紐帶，也就是意象的「同構原理」。形成辭章意象的四大內容成分——「情」、「理」、「事」、「景」，會因為各自或相互之間存有相類似的形式結構，而產生主客互動、心物交融的運動過程，形成辭章作品中具有感染力與審美意義的意象。這個讓「意」（情、理）與「象」（事、景）連結成有機體的深層媒介，格式塔心理學美學家稱之為「構」[58]。也就是說，質的相異的主（意）客（象）之間之所以能相互契合

58　格式塔（Gestalt）學派為二十世紀初產生於德國的一種心理學美學理論，提出整體大於或不同於部分之和，並強調知覺的整體性，故格式塔又譯為「完形」。此外，魯・阿恩海姆主張：「藝術品的力的結構與人類情感的結構同構」之論點。參見魯・阿恩海姆（Rudolf Arnheim）著、郭小平、翟燦譯《藝術心理學新論》，頁 39-40。

統一，是因為兩者在力的圖式上「同構」。李澤厚闡釋道：物質世界（象）和心靈世界（意）實際都處在不斷的運動過程中，然而，主客之間之所以能協調、同一，或說外在對象與內在情感合拍一致，其中就有一種形式結構上巧妙的對應關係和感染作用。格式塔心理學家則把這種現象歸結為外在世界的力（物理，象）與內在世界的力（心理，意）在形式結構上的「同構」，也就是說，兩者質料雖異而形式結構相同，進而在大腦中激起同頻率的電脈衝[59]。例如，「草」（象）是用以襯托「離情」（意）的典型意象之一，兩者之所以能聯繫起來的其中一種「構」，就是因為「草」逢春而漫生無際，時入離人眼目，更代表著離愁之多，所以，李煜〈清平樂〉寫道：「離恨恰如春草，更行更遠還生。」而其中的「構」，即來自於眼前遠接天涯的草與內心的離情，都是悠遠綿長（「遠」）且不斷漫生（「生」）的。

孟建安表示，借鑒心理學理論來詮釋意象連結之媒介（構）及其特性，「具有十分重要的原動力作用和啟發意義。」因為這是「借助於格式塔心理學、美學、文藝學、辭章學、語言學等理論，實現了跨學科打通，在意與象、主與客之間找尋到了聯繫點與契合點，那就是二者之間隱存著的『同構』性。」[60]因此，進行跨學科研究的目的，

---

59 參見李澤厚《美學論集》，頁 730。

60 見孟建安〈至高宏闊的視野，新穎可靠的結論──陳佳君《篇章縱橫向結構論》簡析〉，《國文天地》26 卷 4 期，頁 76-80。

還是在於期盼能解決某些辭章問題。

（二）廣泛性語料應用

　　意與象的對應，普遍的存在於各種各樣的文藝創作活動當中。無論透過何種表現載體，創作者的內在之「意」，總會透過某種媒介（構），與外在的「象」產生連結，這也使得意象學在「廣泛性語料應用」上，十分多元豐富。基於擴大研究語料的原則，本節特由建築意象與繪本意象，來探索意象經營在不同領域中的表現。

1 建築意象

　　意象能廣泛運用於生活中的各種藝術文化活動，而中國傳統建築即是一套充滿文化意義的意象符號系統，孫全文、王銘鴻曾提出：

> 整個傳統建築小到任何的細節、裝飾圖案、構件型式，大到建築型式本身，甚至建築空間的配置，無不充滿了意義。[61]

王振復亦表示：建築空間形象通常帶有抽象意蘊，運用一系列建築「語彙」，寄寓人類的心理情緒、觀念和意向，因此建築形象是一種「有意味的形式」[62]。可見，無論是

61　見孫全文、王銘鴻《中國建築空間與形式之符號意義》，頁 3。
62　參見王振復《建築美學》，頁 21-26。

微細的裝飾、圖樣，對稱、軸線等特殊形式與組織，或大型的構件與量體，都蘊含了豐富的象徵性，使建築中的許多記號形式（signifer）被賦予了記號意義（signified）。

　　談到運用於建築裡的中國傳統吉祥圖騰，「蝙蝠」無疑是一種象徵福祉的民俗符碼，它不僅有著深厚的文化與民俗意涵，更與中國人的生活產生緊密的聯繫，除了建築，亦廣泛的運用在各種吉祥畫、雕塑、建築、工藝品中[63]。素有「萬福（蝠）園」美稱的北京恭王府，經由多任主人的歷史更迭中，不僅是保存完善的傳統王府建築，更大量的運用這種象徵福氣與富貴的吉祥符碼──蝙蝠，透顯出獨特的蝙蝠意象及其園林建築藝術。就建築美學而言，造園者總希望園林中的布局、設計，能喚起人們各種愉悅或舒暢的聯想，並取得共鳴[64]。唯此「人」與「園」、蝙蝠之「象」吉祥之「意」，之所以能產生的內部聯繫，其「同構」性乃來自人文條件，而此人文條件的成因，主要又來自諧音雙關。諧音亦稱借音，是民俗吉祥圖案常見的一種表意手法，如蝙蝠的「蝠」與「福」或「富」、「魚」與「餘」、「蓮」與「連」等[65]。由於音響效果的諧

---

[63] 「蝙蝠」通常用以象徵福氣、富貴、快樂、長壽，圖案常用於各種裝飾，如兩隻蝙蝠相對的「雙福」、五隻蝙蝠圍成一圈的「五福」（壽、富、康寧、攸好德、考終命）、以蝙蝠和古錢搭配成「福在眼前」等圖飾。可以說，凡是表示福主題之祝願，皆可透過這個祥禽瑞獸來表現。參見〔英〕C.A.S 威廉斯著、李宏、徐燕霞譯《中國藝術象徵辭典》，頁 19-20。

[64] 參見劉奇俊《中國古建築》，頁 15。

[65] 參見李蒼彥《中國民俗吉祥圖案》，頁 5。又，顏鴻蜀、王珠珍：「中國民間的吉祥圖形，首先取決於『諧音』。使人看了這個圖形後，得到一個吉祥的語言詞

同,「蝠」與「福」亦漸漸在歷代文化的積累中,形成一種穩定的、約定俗成的民俗吉祥意象,並且與人民的生活密不可分。

在恭王府花園裡,蝙蝠意象很巧妙的被運用於自然造景、建築本體與細部裝飾中。例如「蝠池」是一座東西橫向的狹長形池塘,形似一隻張開雙翼的蝙蝠,又似一只元寶,周圍砌以青石,是進入恭王府花園的第一個祈福意象。又如東路房舍外的半廊、花園中的空廊,與通往邀月臺象徵步步高升的爬山廊等,在這些遊廊上,皆以蝙蝠形象嵌入欄架中,其形制多為四隻一組,頭部向內,上下相對、左右相應而互相接續,最上面一排,則像蝙蝠倒掛之樣貌。廊角上的雀替,則是兩隻相對但角度不同的蝙蝠,其翅膀一上一下呈曲折狀,搭配雲紋,形態更加飛動,有「福從天降」之意象[66]。房舍外部簷樑與額枋上的彩繪,以藍綠底色相間,綠底者多彩飾花卉,而藍底者則以金色顏料繪滿自由翱翔的蝙蝠,使府內建築更添幾分動態感與華麗美。此外,蝙蝠形象也運用於大戲樓之舞臺布幔。布幔以大紅色為底,布面上繡紫色蝙蝠,中央則為常見的「五福抱壽」圖。再如花園的中心點,即是「秘雲洞」。整座假山以太湖石構成,稱「滴翠岩」,山形本身就是一

匯。」見〈中國民間圖形設計的潛規律初探〉,收於《中國民間圖形藝術》,頁3。

[66] 蝙蝠配合雲紋的圖像,如蝙蝠自空中飛舞而降,反映了人們祈求幸福會像蝙蝠自天而降的美好想望。參見李蒼彥編《中國吉祥圖案》,頁72。

隻蝙蝠的形貌，洞中藏有康熙御筆的「福字碑」，謂之「洞天福地」，乃鎮府之寶，也是整個花園的焦點所在，有福照全園之意。末如位於花園中軸線的最深處，即為另一個展現福意象的廳堂——「蝠廳」。蝠廳為一木構建築，其布局面闊五開間，左右各連結三間耳房，中央與兩側又突出三間抱廈，如此一來，在視覺上就形成了蝙蝠狀，因而取名「蝠廳」。

　　由此可見，恭王府蝙蝠意象的象徵性手法乃是透過圖像與文字來表現。運用圖像性手法者，是指透過各種蝙蝠形象來表徵意義，其具體的技巧又可分為雕刻式、彩繪式、刺繡式等。孫全文、王銘鴻指出：

> 圖像性的手法是建築的空間與形式，藉著「形象相似」的模仿或圖似（Likeness）存在的事實，借用原已具有意義之事物來表達它的意義。……圖像性手法在型式元素上兼並應用於雕刻（包括石雕、磚雕、木雕）及彩繪方面。[67]

園中無論是欄杆上的木雕、樑枋上的彩繪、布幔上的刺繡等，皆較具有清楚的蝙蝠形體，屬於具象式的明喻；而蝠池、蝠廳等，相較來說則偏於抽象性，此類建築設計需要信息接收者的聯想與轉化方能意會。

---

67 見孫全文、王銘鴻《中國建築空間與形式之符號意義》，頁 77、79。

茲將恭王府蝙蝠意象之藝術技巧列表如下，以清眉目：

表現類型		設計實例
明喻──文字性手法		福字碑
暗喻──圖像性手法	具象明示	欄杆及雀替上的木雕、樑枋上的彩繪、布幔上的刺繡等
	抽象暗示	蝠池、蝠廳

由此可見，恭王府花園處處運用明喻、暗喻，體現「福」意象，應合王府主人希望得到福佑的理想願望，而透過工匠的巧藝，亦保存了中國傳統建築的意象美。

2 繪本意象

繪本（picture books）是結合文字符碼與圖像符碼，來傳達具有文藝性內涵的書籍，是兒童文學中最常見，也是十分受歡迎的一種說故事的載體。按比例上來說，通常是以較少的文字，配合較多的或大幅的圖畫來傳達訊息，有時候甚至沒有文字。透過圖像，能在視覺上構築出文本豐富的意義。培利・諾德曼（Perry Nodelman）即指出：

> 圖畫書因為包含插圖，所以提供的是一種不同於其他說故事形式的樂趣。

又說：

> 圖畫的形狀、風格、佈局等，都是為了傳達使我們
> 回應故事的訊息。[68]

本節即以意象學的研究視角，鎖定一部極具中國風格的民間故事繪本《老鼠娶新娘》為分析語料[69]，探索其中豐富而獨特圖畫意象[70]。

首先，就封面而言。封面上的圖畫或設計，通常能表現出一本書的精華[71]。本書上半部是老鼠女兒的特寫鏡頭，這位新嫁娘身穿紅藍色禮服，頭戴鑲著淺藍珠飾的金色鳳冠，最外層垂綴大紅喜帕，展現了故事裡最突出的人

---

68 見培利‧諾德曼（Perry Nodelman）著、劉鳳芯譯《閱讀兒童文學的樂趣》，頁250、251。

69 本書由張玲玲與劉宗慧合作而成，為遠流「繪本童話中國」系列之七，故事取材自年初三老鼠娶新娘的民間傳說。內容敘述老鼠村長依次由太陽、烏雲、風、牆等對象，一路苦尋著全世界最強的女婿，最後終將女兒嫁給了老鼠阿郎，也形成了中國人在年初三早早就寢的習俗由來，並暗喻了認同自我、肯定自我的含意。本書曾獲金鼎獎、金龍獎，以及一九九二年中國時報十大童書，而劉宗慧在本書所創作的插畫，更獲西班牙加泰隆尼亞雙年展圖畫書首獎之殊榮。

70 本節主要以「意象形成」來分析圖畫意象。關於文字意象以及「意象組織」、「意象統合」等論述，參見拙作〈繪本《老鼠娶新娘》辭章意象探析〉，《中國現代文學》第十三期，頁47-62。

71 在打開書本進入正文閱讀之前，封面是主要能預測故事的訊息來源，因為封面或硬皮上的圖，通常是故事的精華。參見培利‧諾德曼（Perry Nodelman）著、劉鳳芯譯，《閱讀兒童文學的樂趣》，頁251-252。一般而言，封面常會透過構圖、用色、版面配置等技巧，來表現「故事的精華」，由於它為讀者提供了閱讀的第一印象，並且具有濃縮全書精華的功能，因此也應納入繪本圖畫意象的研究範疇中。

物意象。最下方四分之一處，則是熱鬧的娶親隊伍，其中，豐厚的嫁妝、精心用一隻草鞋製成的花轎、花轎上的新娘等，都由形態各異的挑夫擔著前進。而主標題打在娶親圖上方，粉紅底色上，還有英文的「china」字樣，字型具有仿書法的飄逸感，突顯本書取自中國民間故事的特質。整個封面則由畫面最左側與最右側的兩支喜燭，將上下的分割畫面貫串成整體。在色調上，使用鮮麗的紅色，營造出濃厚的喜慶意象，而書裡也多半運用紅色或橘色等暖色調，佐以大地色系，自然的表現出溫暖、喜慶的氛圍與農家、鄉村的場域特性[72]。可見此封面的設計，確實為全書的內容與風格定調，從視覺上呈現出統一的美感效果。

其次，再看書裡所展現的「眾生相」。從圖畫中可以觀察到老鼠世界與人類世界相映成趣，可以說，老鼠村就是一個人類社會的縮影[73]。三合院的牆角下就藏著老鼠的居所，有拿著鋤頭的農夫、忙洗衣的三姑六婆，更有官差正張貼逃犯的畫像。仔細看，這名逃犯竟也參加了拋繡球大會，並且也出現在故事的最後一幕：婚宴上，這隻逃犯鼠正躲在高處偷覷著。而鼠媽媽也擬作人類的母親形象，

---

72 暖色系的色相通常具有溫暖、喜悅、幸福、吉祥等意象，在中國人的傳統用色中，紅色代表喜慶、吉利，常用來表徵婚禮、年節等。參見林書堯《色彩認識論》，頁151、159；李銘龍《應用色彩學》，頁18。

73 劉宗慧在書中也巧心的利用人類偷看老鼠活動的細節，呈現「窺視」與「被窺視」的對比性與趣味性。譬如：小孩爬上牆仰覷忙著搭臺子的老鼠、透過牆面的破洞偷窺迎親隊伍的眼睛、驚訝的看著大貓弄垮高臺的祖孫等。

會用布包揹著孩子，只是，鼠媽媽的背袋裡，竟然擠下了五、六隻小寶寶，畫面不僅十分逗趣，也應合了老鼠的多胎特性。

另外，老鼠村長除了身著藍綠色的長袍馬褂，戴著一頂員外帽之外，也風雅的提著「鳥籠」，畢竟身為村長，必然有一定的社會地位，鳥籠成了加強此象徵意義的物材。只是，他的籠子裡養的是隻蚊子，並且在黑貓打爛拋繡球的高臺時，飛了出來。這隻蚊子還出現在村長的惡夢中，當老鼠只能擔驚受怕時，我們可以看到蚊子擔負了「報仇」的功能，牠正在黑貓的手上，狠狠的叮下去。

而提到「貓」，全書可以說奠基在老鼠怕貓的宿命下，不但來破壞好事的是貓，就連村長找到的所有「世界第一強」，也都會幻化成貓的形象。這隻貓主要呈黑色[74]，並帶點灰與藍，其形象尖牙利爪，面目猙獰，形體上比老鼠大得多，能一掌抓住一隻老鼠。而貓在書中的出場方式，更是有虛有實。「實」的是清楚而實際的現身，並打爛了拋繡球的高臺；「虛」的方式則包括透過影子、夢境，和各種化現的形象登場。例如：以映在磚牆上的黑影子，出現在老鼠女兒拋出繡球的那一刻，這個黑影甚至也悄悄的顯現在故事後半迎親隊伍旁的牆面；此外，牠還在村長的惡夢中，大肆破壞村子；而村長所遇見的各種外境，如太陽、烏雲、風等，也都幻化成形態各異的貓形。

---

74 黑色的色彩意象有壓迫、恐怖、神秘等，由於黑色代表黑暗、黑夜，易使人產生不安和恐懼的感覺。參見李銘龍《應用色彩學》，頁34。

因此，無論是大小比例、眼神面容、破壞行為、亮相方式等，都強烈的表現出貓對於老鼠的威脅感。

最後，故事以圓滿的結局落幕。值得一提的是，繪者在表現拜堂的畫面時，將村長女兒和阿郎的尾巴勾在一起，暗示著表面上村長女兒雖然沒有婚姻自主權，但兩方的結合仍建立在一定的情感基礎上。

其三，再由畫面的角度來看。畫面呈現的視角方位，通常代表著某種意象。譬如書中有關鼠村長踏上旅途的節段，多半以仰角表現。從影像美學的角度而言，運用仰拍的鏡頭，通常含有「權力」之意義。仰視角度（low angle）會增加被攝物的高度，並且帶有垂直效果，增加動作的速度感，縮小環境範圍，增強主體的重要性，不僅具有威脅性，且通常會引起莊嚴或令人尊敬的感覺[75]。畫面中，太陽、烏雲、風，都出現在天際線，而牆垣比起站在地面的小老鼠，也具有一定高度，因此，繪者在畫面的處理上，即運用垂直性的仰視，拉開主角與「偉大」物象間的不等比關係。

由此足見，在繪本裡，圖畫實擔負著重要的任務，就如電影畫面一般，透過一幅幅捲動的圖片，推展著故事，同時也在諸多定格的鏡頭中，賦予閱聽者在文字之外，有更多觀察與思考的空間。

---

75 參見 Louis Giannetti 著、焦雄屏等譯《認識電影》，頁 15-16。

五 辭章學跨領域研究的意義

　　藉由上文對理論基礎的探賾與鎖定章法學、意象學研究的觀察，可以發現，辭章學跨領域研究的意義，體現在以下幾點。

　　（一）印證藝術同源論。中國古典文藝學理論本有「詩」、「樂」、「舞」三位一體的傳統，《禮記》〈樂記〉即云：「詩，言其志也；歌，詠其聲也；舞，動其容也。」因為這三種藝術形式，向來被視為人心用以感知萬象與抒發情志的主要方式。《毛詩序》：「情動於中而形於言，言之不足故嗟歎之；嗟歎之不足故詠歌之；詠歌之不足，不知手之舞之，足之蹈之也。」從求同面來說，各種藝術載體之間，原就存在著相互依存的關係，共同促進人們的審美體驗。跨領域研究的意義除了可上溯至這樣的藝術同源論外，也實際的在不同人文學科之間，取得了多維性溝通。

　　（二）追求科際整合的研究新視野。一門具科學性的學科，必須具有穩固的理論體系，同時是具有開放性而非閉鎖性的，因此它的適應面大，也能借鑒與應用其他鄰近或相關學科，使文藝作品能分析得更好。例如辭章學與哲學、美學、心理學等科際整合的研究。此外，如前言所述，近來在研究方法與對象上，邁向多元並蓄之路的轉向，也是逐漸蓬勃發展的一種學術新風。

　　（三）更新語料的實踐，以突顯辭章學理的普遍性意義。這是就語料廣度上的開展而言。從應用面來講，辭章學不是學術論文或教科書裡沒有生命的知識，而是能夠活用於生活中任何符號化的「藝術形式」，它包含口語之話篇、書語之文篇，也包括藝術體、實用體及其融合體[76]。當然，基於取法乎上、立穩根柢的原則，辭章學的研究基底仍是以古典或現代的優秀文學作品為主。鄭頤壽就曾闡述有關漢語辭章學研究對象的問題，他說：

> 從其傳遞媒介講，有口語、書語和電語；從其研究時間講，有古代、現當代。這是一個龐大的系統工程。……在選擇語體媒介類型方面，臺灣學者突出優秀的書卷語體作品。因為書卷語是口頭語進一步規範與昇華，又能緊密地與大學生和中學生「國文」教學密切聯繫，提升學生寫作、鑒識的水平。[77]

然而，在辭章學歷經起始期、奮進期、成熟期、交流期四階段[78]，逐漸形成具科學化與系統性之學術領域的同時[79]，

---

76 參考鄭頤壽《辭章學導論》，頁 1、15-16。

77 見鄭頤壽〈臺灣辭章學研究述評〉，《首屆海峽兩岸閩南文化學術研討會論文集》2001.11，頁 1-15。

78 見陳滿銘〈科學化章法學體系之建立〉，《國文天地》19 卷 9 期，頁 85-96。

79 鄭頤壽：「從辭章章法理論研究方面，由前人『見樹不見林，語焉而不詳』的狀況，發展到對章法的範疇、原則與內容等多視角的切入，形成一個體系。」見〈臺灣辭章學研究述評〉，《首屆海峽兩岸閩南文化學術研討會論文集》2001.11，頁 1-15；張春榮：「其用志『章法』……全力聚焦章法結構，漸成體系。」見

也應適度的在「更新語料」上著力。

王希杰在與辭章學團隊進行學術對話時就說：臺灣的辭章章法學在陳教授及弟子們的研究中，深度上是很了不起的了，尤其是近幾年裡，從哲學的高度上來認識章法現象，但是只在高度方面注意還不夠。王教授認為，臺灣辭章章法學研究的貴族意識很強[80]，雖然這是因為章法學研究是建立古典詩詞散文的鑒賞上的，但這也在一定程度上，忽視了廣度。所以他以修辭學為例說道：「修辭學的對象是：一切人的一切言語活動！」並鼓勵章法學「到一切的言語作品中，去研究各種類型的話語的章法結構。」例如口語有章法，日常對話也有章法，研究它，可以幫助人們更好的進行溝通，再如經濟時代下發達的廣告、影視產業（電影、電視劇等），又如相聲、應用文、甚至遊戲筆墨等，社會都會需要它[81]。

此外，在這場對話中，也討論到對聯和簡訊等語料。

〈拓殖與深化——陳滿銘《章法學新裁》〉，《陳滿銘與辭章章法學——陳滿銘辭章章法學術思想論集》，頁 249；又，王希杰：「章法學是一門實用性很強的學問，也有極高的學術價值。……章法學已初步形成了一門科學。」見〈章法學門外閒談〉，《國文天地》18 卷 5 期，頁 92。

80 鄭頤壽曾經做過概括性的統計，指出陳滿銘《篇章辭章學》一書的特色在於以傳統名篇為語料，是闡釋篇章藝術的國學。書中引用傳統名篇近五百則，全部都是古代的，其中以先秦的四書五經、諸子百家為最多，其次有《列子》〈愚公移山〉、〈正氣歌〉、〈左忠毅公軼事〉、〈超然臺記〉、〈愛蓮說〉、唐詩、詞、曲等等。參見〈研究篇章藝術的國學——讀陳滿銘的《篇章辭章學》、《辭章學十論》〉，《國文天地》22 卷 4 期，2006.9，頁 83-90。

81 參見王希杰、仇小屏、陳佳君〈章法學對話〉，《章法論叢》（第二輯），頁 36-87。

對聯是中華文化中最小、最常見、最簡短的文章，研究它，就可以發現除了對偶（對照）之外的章法多層次性。而網路或手機簡訊是現代人常賴以溝通的媒介，與日常生活習習相關，但是在網路或手機簡訊中的辭章風貌，也有可能是對古典章法的「偏離」，也就是可能出現新的章法規律，也可能跳出傳統常規，所以，「手機簡訊的章法偏離」就是一個值得深入探索的辭章現象。

目前，辭章章法學團隊已開始重視開拓廣度、更新語料，並陸續發表相關論文，研究對象含括語文教學（中小學語文、華語文等）、新詩、對聯、佛經、現代散文、極短篇[82]、兒童文學（如繪本、童話、童詩等）、科技論文、電影、網路部落格等。這樣進行跨領域研究的目的，除了能更廣泛的運用辭章學原理去分析更多樣的語料外，也能發現或歸納出不同的辭章效果，更有力的為一切言語或創作活動服務。

據此，從歷屆的辭章章法學研討會所發表論文中觀察，也不難發現這樣的跨領域轉向。蔡宗陽就說：以往辭章章法學的研究對象，皆以古典詩詞為主，然從第二屆研討會開始，已在廣度上擴大了辭章學的研究對象。除古典詩詞散文外，還有新詩、小說、國語文教學等，蔡教授更

---

[82] 張春榮就觀察到，章法在短篇小說或極短篇文類的運用上，還有值得開拓的空間，例如「抑—揚—抑」結構，通篇藉由二度轉折，形成雙重意外，自有其特殊的策略考量，用以造成閱讀的震撼效果。參見〈拓殖與深化──陳滿銘《章法學新裁》〉，《陳滿銘與辭章章法學──陳滿銘辭章章法學術思想論集》，頁252。

提出卓見，鼓勵辭章學研究還可推向相聲、電影、電視劇、應用文等[83]。

其次，從個人的研究面向上而言，拙作《篇章縱橫向結構論》先從縱橫向結構的理論基礎與主要研究視角，確立其理論體系，而落實到現象探析的部分，除古典詩詞散文外，亦嘗試擴大篇章縱橫向結構分析的研究語料。在縱向的意象內容方面，分析電影裡的角色、物材、音樂意象，以及建築的空間符碼等；在橫向的章法結構方面，則將研究語料開拓到對聯、佛經、新詩、極短篇、電影等內在的邏輯條理[84]。

孟建安即對此跨領域的語料研究提出評介，認為「語料範圍之適度拓展」正是《篇章縱橫向結構論》的特色之一。他說：

> 一種理論是否具有價值，一方面在於是否具有理論指導意義，另一方面在於能否進行具體的操作。二者的完美結合正是該理論體系的學術價值與應用價值的綜合表徵。基於此，對縱橫向結構之研究就不能僅僅滯留於古代詩文之章法，也不能僅僅限於文學作品之結構，而應該努力拓寬研究對象的範圍，

---

83 參見蔡宗陽《陳滿銘與辭章章法學──陳滿銘辭章章法學術思想論集》〈代序〉，頁 20-21。此外，第三屆辭章章法學研討會中，也發表有關於明代帶過曲、華文讀寫教學、敘事 MTV、科技論文摘要等論文，第四屆則有出土文獻、臺灣華語流行情歌、《佛說阿彌陀經》、部落格書寫等論文。

84 參見拙作《篇章縱橫向結構論》，頁 229-358。

以最大限度地強化理論體系的周延性與普適性。……陳佳君不僅認識到了這一點，而且在該專著中較為圓滿地履行了自己的職責，尤其是在廣度方面特別著力。……在這個意義上說填補了章法研究的空白，並進一步寬泛了章法研究的空間。[85]

鐘玖英也指出，本書是「以跨學科的聯繫視野，體現了辭章學原理的普遍性。」他評述道：

> 在研究方法上，先從哲學層面尋求此論點的理論淵源，再從文藝學理論中，吸取養分，從理論基礎和主要內涵中，建構一個縱橫向結構的學科體系。那麼，接著就是應用和檢驗的問題了。她在本書勇於嘗試從各種研究語料中去檢視縱橫向結構存在的文藝現象，例如長篇對聯、佛教經典、現代文學、電影媒材、建築空間等，而不只侷限於古典詩文，這是一種聯繫相關學科的跨領域研究。[86]

文中就直接點明這是一種聯繫相關學科的跨領域研究。

除《篇章縱橫向結構論》一書之外，其他個人已發表的跨領域研究論文尚有：一、教學類論文，如：〈情景法

---

85 見孟建安〈至高宏闊的視野，新穎可靠的結論——陳佳君《篇章縱橫向結構論》簡析〉，《國文天地》26 卷 4 期，頁 76-80。

86 見鐘玖英〈辭章學研究的新創獲——評陳佳君《篇章縱橫向結構論》〉文稿，頁 3。

的理論與應用——以中學詩歌課文為例〉（《國文天地》15 卷 5 期，頁 72-80）、〈蘇轍〈黃州快哉亭記〉課文結構分析〉（《國文天地》17 卷 7 期，頁 97-100）、〈從章法談國小作文運材教學——以幾種常用於論說文的章法為例〉（《人文及社會學科教學通訊》12 卷 4 期，頁 131-154）、〈橋樑意象寫作教學〉（《國文天地》22 卷 1 期，頁 27-31）、〈談國小國語之並列章法教學〉（《國民教育》47 卷 3 期，頁 27-33）〈談凡目章法之讀寫教學及其美感——以小學階段為考察範圍〉（《畢節學院學報》第 25 卷第 6 期，頁 8-13）、〈論小學階段的章法讀寫教學——以因果法、並列法、凡目法為例〉（漢語辭章學研討會，福州，2009 年 11 月）；二、談流行歌曲中的意象，如〈談星辰在情歌中的意象〉（《國文天地》22 卷 3 期，頁 57-61）；三、兒童文學類，如〈象與影的遊戲——談童詩的倒影空間及其美感〉（《語文集刊》第十一期，頁 63-93）、〈繪本《老鼠娶新娘》辭章意象探析〉（《中國現代文學》第十三期，頁 47-62）；四、佛教經典類，如〈論《百喻經》的意象經營與轉化——以〈債半錢喻〉與〈偷犛牛喻〉為考察對象〉（《語文集刊》第十三期，頁 75-98）；五、網路書寫類，如〈部落格書寫之章法現象觀察——以敘論章法之運用為例〉（第四屆辭章章法學學術研討會，臺北，2009.10）等。

　　這樣的辭章學跨領域研究，是立足於一定的理論體系，並應用方法論原則，開拓辭章學的服務對象。王曉娜

就曾針對整個辭章學的闡釋材料評述道：擁有豐富語料，廣徵博引，勾連古今，是辭章章法闡釋用例上的重要特點，他認為：

> 在章法體系闡釋的材料和例證方面，讓古代詩文的典範之作，進入現代語言學的研究領域，勾連了詩詞和散文、古文和今文在章法上的相通之處，在篇章語言學的領域裡打破了不同體裁、不同時代的文本之間的壁壘。[87]

雖其立論對象是以章法學為主，但更新、豐富研究語料，也同時運用於其他辭章學的子系統學科。而來自語料豐富性的語用效應，又印證了辭章學的普遍性意義。因此，王教授接著說：

> 通過對大量不同類型的語料的爬梳，歸納抽繹出各種文本章法的共同理則，然後推而廣之使之演繹成為今人閱讀理解他者文章、構造自己個性化語篇的範式。從而使所建構的章法學體系具有廣泛的基礎，使所確立的章法理則具有普遍的解釋力。[88]

---

87 見王曉娜〈章法研究的新天地──試論陳滿銘先生的《章法學新裁》〉，《陳滿銘教授七秩榮退誌慶論文集》，頁 49-50。

88 見王曉娜〈章法研究的新天地──試論陳滿銘先生的《章法學新裁》〉，《陳滿銘教授七秩榮退誌慶論文集》，頁 50。

對於使辭章章法理則具有所謂的「普遍的解釋力」，實為切中肯綮之論。可以說，「廣泛性語料應用」與辭章學學理之間，正應合著上述的「橋樑性」學科特質，一方面透過豐富多元的語料，能收驗證學科原理之效，進而體現辭章學具有寬廣的適應性與高層次的指導原則；另一方面也能從實務現象，再調校或提升理論層次，兩者實存在著不斷互動、循環、提升的螺旋關係。

六　結語

　　本文主要從「多維性研究視角」與「廣泛性語料應用」兩大面向，探討辭章學的跨領域研究，而考察對象則鎖定關乎篇章縱橫向結構的章法學與意象學兩大辭章學的子系統。

　　研究發現，由於辭章學具有「融合性」、「客觀性」、「橋樑性」之學科特質，以及文藝創作乃成形於「形象思維」、「邏輯思維」、「綜合思維」之心理基礎，而使辭章學有進行跨領域研究的可能。接著，本文分別從二元對待、多二一（０）螺旋結構、章法四大規律、章法四大族性，以及意象之形成、同構理論、個別意象與整體意象等，建構章法學與意象學的方法論原則，以作為實際進行跨領域語料分析的理論基礎。此外，本文亦透過實例，從章法的心理基礎與美感效果、意象生成的哲學淵源與同構原理，探討章法學與意象學的「多維性研究視角」；也從對聯章

法、電影章法、建築意象、繪本意象等，印證「廣泛性語料應用」。可見，辭章學跨領域研究的意義，正在於體現了辭章學原理的普遍性。

參考文獻

一 專書

中文參考文獻

仇小屏、陳佳君、蒲基維、謝奇懿、顏智英、黃淑貞編《陳滿銘與辭章章法學——陳滿銘辭章章法學術思想論集》，臺北：文津出版社，2007.12。

王中安《對聯修辭藝術》，開封：河南大學出版社，1988.8。

王希杰《漢語修辭學》（修訂本），北京：商務印書館，2005.4 二刷。

王振復《建築美學》，臺北：地景出版社，1993.2。

王弼《周易略例》，臺北：成文出版社，1976。

李元洛《詩美學》，臺北：三民書局，1990.2。

李蒼彥編《中國吉祥圖案》，臺北：南天書局，1988.3。

李蒼彥《中國民俗吉祥圖案》，北京：中國文聯出版社，1991.9。

李銘龍《應用色彩學》，臺北：藝風堂出版社，2004.4 初版九刷。

李澤厚《美學論集》，臺北：三民書局，1996.9。

邱明正《審美心理學》，上海：復旦大學出版社，1993.4。

林書堯《色彩認識論》，臺北：三民書局，1986.2 五版。

吳應天《文章結構學》，北京：中國人民大學出版社，1989.8。

胡雪岡《意象範疇的流變》，南昌：百花洲文藝出版社，

2002.1。

孫全文、王銘鴻《中國建築空間與形式之符號意義》，臺北：明文出版社，1989.12 再版。

陶水平《審美態度心理學》，天津：百花文藝出版社，1999.10 二刷。

陳佳君《虛實章法析論》，臺北：文津出版社，2002.11。

陳佳君《辭章意象形成論》，臺北：萬卷樓圖書有限公司，2005.7。

陳佳君《篇章縱橫向結構論》，臺北：文津出版社，2008.7。

陳家詮《名聯欣賞》，南昌：江西科學技術出版社，1989.2 二刷。

陳望道《美學概論》，上海：人民出版社，1980.5。

陳滿銘《章法學新裁》，臺北：萬卷樓圖書有限公司，2001.1。

陳滿銘《章法學綜論》，臺北：萬卷樓圖書有限公司，2003.6。

陳滿銘《意象學廣論》，臺北：萬卷樓圖書有限公司，2006.11。

陳滿銘《多二一（0）螺旋結構論——以哲學文學美學為研究範圍》，臺北：文津出版社，2007.1。

陳滿銘教授七秩榮退誌慶論文集編輯委員會主編《陳滿銘教授七秩榮退誌慶論文集》，臺北：萬卷樓圖書有限公司，2005.7。

張法《中西美學與文化精神》，北京：北京大學出版社，1997.2 二刷。

張紅雨《寫作美學》，高雄：麗文文化事業公司，1996.10。

張玲玲文、劉宗慧圖《老鼠娶新娘》，臺北，遠流出版社，1993.3。

曾祖蔭《中國古代文藝美學範疇》，臺北：文津出版社，1987.8。

葉朗主編《現代美學體系》，臺北：書林出版有限公司，1996.3 二版。

童慶炳《中國古代心理詩學與美學》，臺北：萬卷樓圖書有限公司，1994.3。

彭聃齡《普通心理學》，北京：北京師範大學出版社，1990.10 三刷。

彭漪漣《古典詩詞邏輯趣談》，上海：上海人民出版社，2001.9。

鄭頤壽《辭章學導論》，臺北：萬卷樓圖書有限公司，2003.11。

劉奇俊《中國古建築》，臺北：藝術家出版社，1987.7。

劉勰著、范文瀾注《文心雕龍注》，臺北：學海出版社，1991.12 再版。

顏鴻蜀、王珠珍編著《中國民間圖形藝術》，上海：上海書店，1995.6 二刷。

嚴雲受《詩詞意象的魅力》，合肥：安徽教育出版社，2003.2。

英譯參考文獻

C.A.S 威廉斯著、李宏、徐燕霞譯《中國藝術象徵辭典》，衡陽：湖南科學技術出版社，2006.5。

Louis Giannetti 著、焦雄屏等譯《認識電影》，臺北：遠流出版社，1997.3 九刷。

培利・諾德曼（Perry Nodelman）著、劉鳳芯譯《閱讀兒童文學的樂趣》，臺北：天衛文化圖書有限公司，2003.12 二版五刷。

Rudolf Arnheim 著、郭小平、翟燦譯《藝術心理學新論》，北京：商務印書館，1999.9 三刷。

Timothy Corrigan 著、曾偉禎等譯《信手拈來寫影評》，臺北：遠

流出版社，1997.1。

二　論文

王本華〈張志公先生與漢語辭章學〉，張志公著、王本華編《漢語辭章學論集》，北京：人民教育出版社，1996.3。

王希杰〈章法學門外閑談〉，《國文天地》18 卷 5 期，2002.10。

王希杰、仇小屏、陳佳君〈章法學對話〉，《章法論叢》（第二輯），臺北：萬卷樓圖書有限公司，2008.3。

朱豐順〈關於文藝心理學中的幾個基本概念〉，《心理學》1993 年第 3 期，1993.3。

林大礎、鄭娟榕〈臺灣辭章學的又一新秀新作——陳佳君《虛實章法析論》評介〉，《國文天地》19 卷 6 期，2003.11。

林文寶〈敘述、敘事與故事〉，《兒童文學學刊》第三期，2000.5。

孟建安〈章法學體系建構的系統性原則〉，《國文天地》23 卷 1 期，2007.6。

孟建安〈至高宏闊的視野，新穎可靠的結論——陳佳君《篇章縱橫向結構論》簡析〉，《國文天地》26 卷 4 期，2010.9。

陳念萱〈傳統與現代的新思維——評析電影《高山上的世界盃》〉，《人生雜誌》198 期，2000.2。

陳佳君〈繪本《老鼠娶新娘》辭章意象探析〉，《中國現代文學》第十三期，2008.06。

陳滿銘〈論意象與辭章〉，《畢節師範高等專科學校學報》2004 年第一期，2004.1。

陳滿銘〈科學化章法學體系之建立〉，《國文天地》19 卷 9 期，

2004.2。

陳滿銘〈論篇章辭章學〉,《國文學報》第三十五期,2004.6。

陳滿銘〈論語文能力與辭章研究——以「多」、「二」、「一(0)」螺旋結構作考察〉,《國文學報》第三十六期,2004.12。

陳滿銘〈論辭章分析與科際整合——以白居易〈長相思〉詞為例〉,《章法論叢》(第三輯),臺北:萬卷樓圖書有限公司,2009.7。

陳滿銘〈篇章內容、形式包孕關係探論——以多二一(0)螺旋結構切入作探討〉文稿(已通過審查,將發表於《中國學術年刊》第三十二期秋季號,2010.9)。

敏澤〈中國古典意象論〉,《文藝研究》1983 年第 3 期,1983.6。

鄭頤壽〈臺灣辭章學研究述評〉,《首屆海峽兩岸閩南文化學術研討會論文集》,2001.11。

鄭頤壽〈研究篇章藝術的國學——讀陳滿銘的《篇章辭章學》、《辭章學十論》〉,《國文天地》22 卷 4 期,2006.9。

鐘玖英〈辭章學研究的新創獲——評陳佳君《篇章縱橫向結構論》〉文稿(已通過審查,將發表於《國文天地》26 卷 6 期,2010.11)。

＊註:本文在論述「章法學跨領域研究」的相關章節,承蒙福建集美大學學報邀稿,目前已進入審查程序。

附 編

篇章縱橫向結構之相關評介

《虛實章法析論》內容摘要

　　「虛」與「實」是中國古代文藝理論之重要範疇，而本書是專由辭章章法，來探討虛實法的主要內涵、結構類型，及其心理基礎與美感效果。

　　虛實法是指在篇章中靈活處理虛寫和實寫的關係，使虛實相生相成，以增強感染力的一種謀篇方式。其內涵可統攝為「具體與抽象」、「時間與空間的虛實」、「真實與虛假」三大類。其中，「具體與抽象」包括情景法、敘論法、凡目法、泛具法、詳略法；「時間與空間的虛實」又可分為時間的虛實、空間的虛實、時空交錯的虛實；而「真實與虛假」則有設想與事實、願望與實際、夢境與現實、虛構與真實等章法現象。

　　在實際運用時，辭章家能透過各種組織方式，將虛實法豐富多元的內涵，作巧妙的安排，其所呈現的結構類型，可分為「一般型」與「變化型」。一般型包括「全虛」、「全實」、「先虛後實」、「先實後虛」；變化型則有「虛—實—虛」、「實—虛—實」，以及「虛—實—虛—實」、「實—虛—實—虛」等結構。

　　此外，本書除了剖析章法現象外，亦就具體與抽象的思維、時空設計的心理機制、審美想像活動、審美對立原則，以及含蓄、自由、靈動、和諧等美感，進一步的理清

其「源」（心理基礎）與「委」（美感效果），從而更加確
立虛實章法之價值。

臺灣辭章學研究的
又一新秀新作
——陳佳君《虛實章法析論》評介

林大礎·福建財會管理幹部學院學報　副編審

鄭娟榕·福建財會管理幹部學院學報　編輯

當代中國辭章學從倡建、草創到發展，經過四十多年的學術研究實踐，自然地形成了三個主力團隊：以張志公教授為核心的北京團隊，以鄭頤壽教授為核心的福建團隊和以陳滿銘教授為核心的臺灣團隊。這三個團隊對辭章學的研究，可謂一脈相承，根源相同，方向一致，方法相仿，影響相當；尤其是一衣帶水的閩、臺兩個團隊，更是研究隊伍結構相似，學術研究成果相輔相成。近年來，閩、臺的辭章學教授、專家、學者多次互訪，增進了解，學術交流日益頻繁。二〇〇二年十二月，全國文學語言研究會、福建修辭學會聯合在福建省泉州、廈門兩市舉辦文學辭章學學術研討會，臺灣有十一名教授、專家應邀出席，與來自澳門特區和全國各地的六十多名與會代表，就辭章學的性質、物件、範疇、方法、學科建設等問題，第一次在大陸的研討會上集體面對面地互相交流切磋，達成諸多共識。這次會議被認為是當代辭章學發展進程中的一

個里程碑，同時也是當代辭章學繼續開拓創新的一個新的起點。

我們有幸參加了這次盛會，結識了與會的臺灣辭章學界師友，並獲得他們贈與的多部辭章學專著，受益非淺。通過這次學術會議，我們進一步地了解到臺灣團隊學術研究的主攻方向是專門辭章學中的辭章章法學，並已取得豐碩成果。來自臺灣師範大學的博士生陳佳君，則是臺灣團隊中的新秀；她的專著《虛實章法析論》，為百花爭豔的臺灣辭章章法學園圃增添了一股生氣與一方秀色。

陳佳君，女，臺灣南投人。臺灣師範大學碩士生畢業，現為臺灣師範大學博士生。是以陳滿銘教授為核心的臺灣辭章學研究團隊中的後起之秀。已發表〈抑揚法的理論與應用〉、〈情景法的理論與應用──以中學詩歌課文為例〉、〈論虛實章法的內涵〉、〈蘇轍〈黃州快哉亭記〉結構分析〉、〈從章法談國小作文運材教學〉、〈論辭章內容結構之單一類型──以其所適用的章法為考察重心〉、〈昆明大觀樓長聯章法探析〉等論文多篇。

二○○二年十一月，陳佳君的辭章學研究專著《虛實章法析論》在臺灣由文津出版社出版。陳佳君認為，「虛」與「實」是中國古代文藝理論的重要範疇。她在繼承前賢今秀的研究成果的基礎上所發表的辭章學專著《虛實章法析論》，則推陳出新，另闢蹊徑，專門從辭章章法的角度切入，以辭章學的理論為依據來探討虛實法的理論與應用，開闢了專門辭章學中的辭章章法研究的又一新領

域，受到海峽兩岸辭章學界同仁的重視與好評。

《虛實章法析論》首先陳述其研究動機、研究範疇與研究方法，概述虛實法理論之演進；然後，在主要內涵方面，統攝為「具體與抽象」、「時間與空間的虛實」、「真實與虛假」三大類；而將其所呈現的結構類型，分為「一般型」與「變化型」，加以論述。此外，還大膽地突破學科侷限，聯繫相關學科，探討了辭章章法的心理基礎與美感效果，充分體現了辭章學的融合性、橋樑性與整體性等特點。

陳佳君認為，「辭章作品的世界，有著豐富的意旨與精緻的美感，因此自古以來，有無數的詩文評家都試圖從中尋繹出文學之美。惟中國古代詩文評賞，多屬印象式的批評法」，「雖然能夠說明辭章的『好』，卻不容易具體的探求『好』在哪裡」。「透過章法，則能使辭章經由分析而條理化，並且由繁入簡的統整起來，進而使人成功的掌握其特色」，「是故探究文章布局之妙，能幫助我們直入文章堂奧，從而用於賞析、創作與教學」。

那麼，什麼是「章法」呢？陳佳君認為，修辭學中所謂的「篇章的修飾」，指的就是「章法」。她首先引用其導師陳滿銘教授在《章法學新裁》（臺灣：萬卷樓）中所做的解釋來為「章法」下定義：「所謂的章法，是指文章構成的形態而言，也就是將句子組合成節段，由節段組合成整篇的一種方式」，從而說明「章法」是「連句成節，連節成段，連段成篇的一種組織方式，也稱作『謀篇布局的

技巧』」；而且言簡意賅地指出，「而這種組織，也就兼顧了辭章的內容與形式，並且包括字、句、章、篇。如就章與篇來說，即『篇章結構』」。然後，她簡要地進一步分析說：「『結構』與『章法』兩者，是屬於一實一虛的關係，如通指所有文章，虛就其方法來說，是『章法』，如單指一篇文章，實就其組織形態而言，則為『結構』。」寥寥數語，把「章法」與「結構」的概念、內涵、本質、形態及其「一分為二」、「合二而一」的關係，分析得清清楚楚、明明白白，真可謂要言不煩，切中肯綮。

在眾多的章法中，為什麼要選擇虛實法作為研究的對象呢？陳佳君解釋說「其因有二」：

一是因為「就人所寓居的宇宙而言，萬事萬物皆存在著對立的統一，其中尤以『虛』、『實』的關係最為廣泛與明顯，無論上至本體或下至現象，都能找到虛與實的相應關係」。早在先秦時代，老莊哲學就已經揭示出「有」與「無」的思想，闡明了「虛實相生」的道理，「這可說是虛實法的源頭」。此外，「虛與實的關係亦表現在主體與客體、心與物的互動，以及各種具體與抽象、真與假的現象當中。而就時間與空間來說，也存在著虛虛實實的屬性，當它落實於辭章創作時，即形成多采多姿的虛實章法」。

二是因為「就章法而言，虛實法所牽涉的範圍相當廣泛，可說是章法中的大家族」，「幾乎占了章法內涵的一大部分」。而且「因其變化無窮、作用巧妙、美感鮮明，並具有強大的藝術性與感染力，故深受辭章學家所喜愛，並

廣為運用」。然而，誠如陳滿銘教授所言，「對於章法，雖然從劉勰開始，一直到現在，都有專家學者先後加以探討，而且也提出許多精闢的見解，但對它的範圍與內容，卻語焉不詳，往往只顧一偏，未就全面予以研究，因此實有進一步集枝節為輪廓，匯涓涘為江河的必要」。另一方面，將章法與心理基礎、美感效果相互結合研究，以期「使之呈現出較為完整而有系統的架構」。

陳佳君指出，虛實章法的研究範疇，就是以虛實概念所構成的章法現象。包括：以抽象情思為虛、具體景物為實的「情景法」，以論理為虛、敘事為實的「敘論法」，以泛寫為虛、具寫為實的「泛具法」，以總括為虛、條分為實的「凡目法」，以略寫為虛、詳寫為實的「詳略法」；也包含就時空而言的虛實法──「時空的虛實」，即「限於過去或當前的是實、透過設想伸向遠處或未來的是虛」。此外，還有以設想、願望、夢境、虛構為虛，而以事實、現實為實的各種虛實章法。

陳佳君對虛實章法的研究方法，則是兼採縱、橫向的研究。縱向方面，主要是將重點放在「史」的探求，以明其源流、發展及其演變過程；橫向方面，先搜羅以虛實概念所形成的各種章法，接著以各章法間共通的原理、原則來分門別類，並將虛實法的主要內涵做一系統性的歸納，以呈現出較為完整的「虛實法家族」。對於各章法的分析，則「同時關顧理論與實際，爬梳各法的特色及其間的異同」，既「援引古今理論之要者述其意義」，「也進一步

釐清各章法間藕斷絲連的關係」，並依各章法的特性酌舉詩文作為例證，然後則針對各法的章法現象與心理基礎、美感等方面來總結其特色。對於虛實法所形成的結構類型，首先將其作一系統的分類，接著依各結構類型舉出實例，並輔以分析表來呈現，藉此使虛的方法（章法）和實的組織形態（結構）結合起來。對於章法的心理基礎與美感效果，則於最後將兩者合為一章來闡述，以達到相互呼應和對照的效果。

例如，研究「虛實法理論之演進」，則先對虛實文論追根溯源，以《老子》、《莊子》、《易傳》為主要研究對象，探討其在先秦時的歷史淵源，然後再分為「魏晉至元」、「明清時期」和「近、現代」三個歷史階段來探討虛實文論的發展。這是從「史」尋「源」，即從「縱」的方向來研究。而通過對上述三本哲學名著中與虛實章法理論關係最密切的主要命題進行分析，明確了「無」與「有」、「虛」與「實」、「意」與「象」等等的對立統一的辯證關係，理清了虛實論的哲學基礎和理論淵源。這是跨學科地從「論」尋「源」，即從「橫」的方向來研究。又如，研究「具體與抽象」類的「情景法」，則先引古今相關文論作為理論依據（此為「縱」向，且「縱」中有「橫」），接著將「情景法」分別與「敘論法」、「泛具法」及「情景交融」逐一地進行比較（此為「橫」向，且「橫」中有「縱」），然後舉出例證來作進一步的探討（「縱中有橫」，「縱橫交錯」），最後對「情景法」的章法

現象、心理基礎與美感的特色作出總結（此為「橫」向，且「橫」中有「縱」）。這種縱、橫向兼用的方法，全書皆然，而且縱中有橫，橫中有縱，相互交錯，相輔相成，相得益彰。它既是一種研究方法，也是架構全書的「設計圖」，使全書脈絡清晰，結構緊密，形成一個完整的系統。

通觀《虛實章法析論》全書，我們不難看出，陳佳君在構思與編撰《虛實章法析論》的過程中，是因哲學思辨為契機，以體系完整為目標，通過多科融合的方法，憑藉行知相成的實例，力求重點突出，達到預期的效果，從而既寫出了自己的特色，又使該書具有科學性和實用性的優點，對實踐中的賞析、創作與教學活動，具有不可低估的指導意義。

＊註：本文刊載於《國文天地》19 卷 6 期，2003.11，頁 108-111。

《辭章意象形成論》內容摘要

　　本書主要由意象概念，統貫辭章內容之四大要素——「情」、「理」、「事」、「景」，系統性的探討辭章意象形成論的架構與內涵。

　　辭章意象形成論的體系，可由「形成成分」與「組成類型」予以統合。

　　在「形成成分」中，源於主體的「情」、「理」，即屬內在抽象的「意」，取自客體的「事」、「物」，就屬外在具體的「象」。依其於辭章中的主從關係，又可將「意」（「情」、「理」）與「象」（「事」、「景」）分屬「核心成分」和「外圍成分」。針對核心情理而言，其表現的深淺性，有「全顯」、「全隱」或「顯中有隱」等多樣的藝術風貌，其安置的部位，則有置於「篇內」（包括篇首、篇腹、篇末）與「篇外」等共通形態。再就外圍成分而言，紛繁的「物材」可整合為「自然性物類」、「人工性物類」，以及「角色性人物」三大類；而「事材」則可統括為「歷史事材」、「現實事材」，和「虛構事材」三類。

　　在「組成類型」的部分，由於「情」、「理」、「事」、「景」這些主要成分，可以單獨呈現在篇章中的某些層級，構成單情、單理、單事、單景之樣態，也能組合兩種或兩種以上的成分，如「情」與「景」、「理」與「事」、

「事、景、情」等意結合意、象結合象，或是意結合象的
類型，因此，意象形成之組成類型，可統整為「單一類
型」與「複合類型」兩種。

　　此外，本書除了剖析意象形成之諸般現象外，亦就辭
章之縱橫向結構、意象形成之組成類型所歸屬的章法，以
及意象形成的四大成分，所各自適用的章法類型，進一步
的理清「縱向結構」（意象）與「橫向結構」（章法）之關
係，從而使辭章學中的意象形成論，得以突顯其整體風
貌。

陳佳君《辭章意象形成論》評述

鄭頤壽 · 福建師範大學　文學院　教授

　　陳佳君《辭章意象形成論》闡析了辭章意象形成之哲學思辨和理論基礎，審辨了辭章中「意」這一核心成分，歸納了「象」這一外圍成分，進而綜論辭章意象之形成及其組合。全文以意象概念統率辭章內容之四大要素（情、理、事、景），系統地探討辭章意象形成的架構與內涵，並從相關的古今文論、詩文評註中尋繹其哲學基礎、理論發展與評註實例，以突顯辭章意象之形成論。

　　創見與發明是此文之一大特色，表現在以下四點：

　　一、從辭章角度研究意象是一個新的開拓，填補了意象研究的一項空白；而意象理論又給辭章學研究開闢一個高層面的理論空間，為辭章的理論建設開闢一個新的領域。

　　二、此文突破了一般只從文藝（例如繪畫、詩歌）的角度對「意象」進行論析，而此文能從《易經》、《老子》中深入挖掘最古老的意象論，從哲學高度探賾索微；同時，從古代的文化史論、文藝理論（含文學理論、美學理

論）作輻射式的歷時與共時的研討，因此，其意象是廣義的。它突出了辭章學之多科融合性的特點。

三、此文之論意象的形成，能從宇宙之物（景）象、事象到言語主體（表達者、鑑識者）之情、意（理）和形成於話語作品（各類文章）中之意象這四大要素進行分析，這與美國著名文學批評家阿布拉姆斯之四要素三角批評結構，與文學理論家劉若愚的四要素圓形文論結構理論是不謀而合的。

四、此文在論述辭章意象之核心成分、外圍成分及其組合類型之條分縷析中，也屢有發明。

此文是篇立足點較高、視角較新、理論性較強的佳作。全文結構緊密，系統性強，材料較豐富，文字也簡鍊。建議：

一、在此文的基礎上進一步補充可寫成「辭章意象學」，可與詩歌意象學爭輝奪豔。

二、在辭章意象學中可進一步強化意象鑑識的理論。

章法學對話

王希杰·南京大學　中文系　教授

仇小屛·國立成功大學　中文系　副教授

陳佳君·國立臺北教育大學　語文與創作學系　助理教授

一　引言

仇小屛： 王先生，我想就章法和章法學同您進行對話，可以嗎？

王希杰： 當然可以。不過，你是章法學名家陳滿銘教授的大弟子，你在章法學研究方面已經取得了許多成果；我可是章法學的門外漢。

仇小屛： 您可不是章法學的門外漢，起碼我從沒有這樣看過。其實從我第一次聽您的講話，就不認為您是章法學的門外漢。

王希杰： 那謝謝你了。

仇小屛： 您相信我，這不是恭維的話語。您也許不知道，那時候，我們的章法學研究得不到理解，反而遭遇了許多非議。我做學術報告之後，您的非常簡短的即興評論，給了我巨大鼓舞，那時候我就想您對章法學是行家，否則說不出這樣的話語來

的。這絕不是恭維話。後來，我知道您的成名之作叫做〈列舉和分承〉（《中國語文》1960 年第一期），那就是章法學研究呀！先秦許多文章就是運用列舉分承方式構造起來的。我甚至想，您十九歲時候就注意到章法問題了。

王希杰：那是不自覺的。我可從沒有想過研究章法學。我的注意章法學的確是同你和陳滿銘教授交往之後的事情，閱讀了你們的著作後才開始考慮章法和章法學問題。在章法學方面我是滿銘教授和小屏博士的學生。

仇小屏：您千萬不要這樣說。其實您的代表作《漢語修辭學》（北京：北京出版社，1983 年）也是章法學著作。

王希杰：我沒有聽到有人如此說過。

仇小屏：《漢語修辭學》中的「結構」章講的是章法問題，您提出了兩種基本章法類型，縱式章法和橫式章法。您在「均衡」、「變化」、「側重」和「聯繫」章中，您講修辭格和修辭方式的時候，總是同時把這些方式當作篇章結構的手法來考察的。在《漢語修辭學》中，您已經提出了修辭格和修辭方式同章法規則之間的關係問題了。

王希杰：聽到小屏博士的這些話，我很高興。高興的不是我也可以擠進章法學家的行列，而是小屏博士的思路開闊。我相信，你能夠這樣思考問題，你在

學術上具有包容心態，在章法學研究方面你一定
必將更上一層樓。

仇小屏：王老師，拜讀您的「答問和對話」，覺得這樣的
形式相當靈活，且富於生命力。您提到相信「直
感」，我也覺得有趣，因為「清醒、自覺」，所以
直覺就會敏銳吧。

王希杰：研究學問光靠直覺不行，需要哲學和邏輯。

二 陳氏章法學

王希杰：「章法」有廣義和狹義兩種理解。狹義的僅僅指
文章，廣義的指人言行，例如：「他做事從不講
章法」。成語「雜亂無章」的「章」是廣義的。
當然是先有章法，後有章法學。到一定的時候，
還可以有「章法學學」──以章法學為其研究的
物件。

仇小屏：我們是以章法現象為自己的研究對象的，我們建
立的是章法學。我跟先生討論章法學研究，可以
算是章法學學嗎？

王希杰：行！當然是。問題是，我不研究章法學，怎麼談
章法學學呢？章法學學還是你的陳老師帶領你們
章法學團隊去研究。我在這裡只是隨意而談，依
然是章法學門外。

仇小屏：這樣也好，您就沒有顧慮了，就可以放開來談

了。

王希杰：隨便說自己的想法。

仇小屏：就我個人而言，我倒是更喜歡先生放開來談，不必就具體規律規則來加以評論。

王希杰：我們丟開廣義的章法，只談狹義章法。中國是文章大國，章法早已經存在，對章法現象的研究也早就開始了。你注意了嗎，「章句小儒」這個詞，就以「章」代替儒生的。但是，章法學是陳先生創建的。在我心裡，時常，悄悄稱呼陳教授為：「陳章法」，你可別偷偷告訴他。

仇小屏：王教授放心，我保證不告訴陳老師。王先生明確表態，一再肯定陳老師的章法學，我們弟子是很高興的。

王希杰：我現在的看法是，陳教授開創了一個學派──陳氏章法學派。

仇小屏：學派？

王希杰：是呀，學派。學派的開創者──陳滿銘教授。他的生平與論著，你們很清楚，不用我多說。你們很容易就開出陳教授的著作目錄的。

仇小屏：陳老師的個人論著，已出版者主要的有：《中庸思想研究》（1980）、《稼軒詞研究》（1980）、《蘇辛詞比較研究》（1980）、《學庸釋談》（1982）、《國文教學論叢》（1991）、《文章的體裁》（1993）、《詩詞新論》（1994）、《作文教學指導》

（1994）、《國文教學論叢續編》（1998）、《文章結構分析——以中學國文課文為例》（1999）、《詞林散步——唐宋詞結構分析》（2000）、《章法學新裁》（2001）、《學庸義理別裁》（2002）、《章法學論粹》（2002）、《章法學綜論》（2003）、《蘇辛詞論稿》（2003）、《論孟義理別裁》（2003）、《篇章辭章學》上、下編（2005）、《篇章結構學》（2005）、《辭章學十論》（2006）、《意象學廣論》（2006）、《多二一（0）螺旋結構論》（2007）、《章法結構原理與教學》（2007）等，這些都與章法直接或間接有關。

王希杰：了不起！真正的著作等身！我收到陳教授的新著《多二一（0）螺旋結構論——以哲學文學美學為研究範圍》（臺北：文津出版社，2007 年），〈自序〉3-5 頁，所列的近年來的 30 多篇文章，就很令人驚歎不已了。

學派必須有學術領袖，他需要有自己的獨創的學術觀點，這些觀點應當有學術論著來體現。

仇小屏：這個，是沒有問題的。

王希杰：一個人，不叫「派」，是孤家寡人，如果是獨裁者，則是獨夫民賊！

學派指的是一群學者。陳老師是成功的教育家，他培養了一個個章法學團隊。這個團隊有學術水準，生氣勃勃。

　　　　小屏博士不費吹灰之力，就可以開列一份團隊成
　　　　員名單，團隊成功目錄。

仇小屏： 那當然，現成的。

王希杰： 先說你自己吧！

陳佳君： 我們師姐仇小屏博士的論著，是很多的。主要
　　　　有：《文章章法論》（1998）、《篇章結構類型論》
　　　　（2000）、《下在我眼眸裡的雪——新詩教學》
　　　　（2001）、《深入課文的一把鑰匙——章法教學》
　　　　（2001）、《章法新視野》（2001）、《放歌星輝
　　　　下——中學生新詩閱讀指引》（2002）、《詩從何
　　　　處來——新詩習作教學指引》（2002）、《古典詩
　　　　詞時空設計美學》（2002）、《世紀新詩選讀》
　　　　（2003）、《小學「限制式寫作」之設計與實作》
　　　　（2003）、《國中國文章法教學》（2004）、《限制
　　　　式寫作之理論與應用》（2004）、《篇章意象論》
　　　　（2005）等。

王希杰： 仇博士高壽？今年七十八，還是八十七？

陳佳君： 王老師什麼意思？

王希杰： 七十、八十的人，才著作等身的。

陳佳君： 我們師姐還小呢。七十、八十，早著呢。

王希杰： 章法團隊的成員，還有陳佳君博士。

仇小屏： 佳君師妹的論著，主要有：《虛實章法析論》
　　　　（2002）、《國中國文義旨教學》（2004）、《辭章
　　　　意象形成論》（2005）等。

王希杰：你們內部相互尊重，這很重要。同門之內，窩裡鬥，不好。我們中國人，特愛好窩裡鬥！很可悲的。

陳佳君：章法團隊的成員，有幾十人，他們的論著（學位論文）也很多，博士部分有：林承坏《辛稼軒詠物詞研究》（1993）、金鮮《清末民初宋詞學析論》（1997）、李清筠《時空情境中的自我影像──以阮籍、陸機、陶淵明詩為例》（1999）、蒲基維《章法風格析論》（2004）、謝奇懿《先秦兩漢天人意識與詩經學之研究》（2004）、顏智英《辭章章法變化律研究──以古典詩詞為考察對象》（2006）、黃淑貞《辭章章法統一律研究》（2006）等。

仇小屏：碩士部分主要有：謝奇懿《五代詞中山的意象研究》（1997）、賴玫怡《修辭心理與美感之探析──以誇飾、譬喻為例》（2000）、黃淑貞《辭章主旨（綱領）安置於篇腹的結構類型析論》（2002）、顏瓊雯《六一詞篇章結構探析》（2003）、許婷《晏幾道離別詞研究》（含篇章結構、2003）、江姿慧《晏殊珠玉詞研究》（含篇章結構、2003）、張雯華《東坡詞色彩意象析論》（2003）、塗碧霞《凡目章法析論》（2003）、陳怡芬《唐宋古文篇章結構教學析論──以高中國文一綱多本國文課文為研究範圍》（2003）、劉文

君《詩歌義旨教學之研究——以國中國文教材為例》（2003）、蘇秀玉《唐宋古文篇章結構析論——以《古文觀止》為研究範圍》（2004）、黃琛雅《東坡詞月意象探析》（2004）、高敏馨《平側章法析論》（2004）、邱瓊薇《東坡黃州詞篇章結構析》（2004）、李靜雯《點染章法析論》（2005）、周珍儀《韓愈贈序類散文篇章結構研究》（2005）、廖惠美《杜甫五律登臨詩篇章結構探析》（2005）、蘇芳民《李商隱憶妓情詞意象研究》（2005）、邱玉霞《國中國文讀寫互動教學之研究——以因果、正反、凡目三種章法切入》（2005）、陳月貴《孔子的「因材施教」與多元智慧的對應研究》（2006）、魏碧芳《高中寫作教學之理論與實作》（2006）、吳冠儀《孔子教育思想與九年一貫十大基本能力之研究》（2006）、侯鳳如《珠玉詞花鳥意象研究》（2006）、程汶宣《李清照詞篇章意象析論》（2006）、楊雅貴《蘇軾「記」體文辭章意象研究》（2006）、李昊青《稼軒詞秋意象探析》（2006）、余椒雪《納蘭性德邊塞詞篇章結構研究》（2006）、鄧絜馨《六一詞花鳥意象研究》（2007）、朱瑞芬《東坡詞樂器意象研究》（2007）、毛玉玫《稼軒離別詞篇章結構探析》（2007）等。這些也都與章法直接或間接有關。

王希杰：這就是一個學派了。

　　　　觸發我如此思考的是，陳教授今年來的論著，越來越深入，把章法學提升到哲學層面上了。純粹技術性描寫，是不能叫做學派。我最近認為你們是一個學派，主要是對陳教授的學術研究新階段的一個認識。可以說，陳教授的章法哲學研究最終誕生了陳氏章法學派。這是我寫〈陳滿銘教授與他的章法學〉之後的想法。

仇小屏：如果王教授能夠把這個看法在臺灣章法學大會上講出來，該多好呀！不過王老師以前說陳老師開創了一個「學門」，現在又說是「學派」，兩者之間有何不同呢？

王希杰：「學門」，是我們的傳統說法，指的是弟子的群體（結合體）。「學派」是現代用語，是西方說法。兩者是交叉的，學派更廣泛，往往不限於及門弟子。說學門，可能只限於臺灣，說學派則不侷限於臺灣，甚至也不限於中國。

　　　　對了，你們的章法學會議就是學派性的。

仇小屏：我們身在盧山中，沒有感受到盧山真面貌。王先生提出之後，我們應當認真思考這個問題。

陳佳君：先生您說如何從學派角度上看待陳老師的學術研究呢？

王希杰：陳教授的新著《多二一（0）螺旋結構論——以哲學文學美學為研究範圍》的〈自序〉很重要。

陳教授原先學的是理工，是哲學，他由哲學而進
入章法學。我看這篇自序是把握陳氏章法學的關
鍵。作為一個學派，需要考慮：

- 學派如何繼續發展？
- 學派如何走出臺灣，面向全球華文世界？甚
  至，促進其他語言的章法學？
- 我提出過，普通章法學問題，那麼就是：如
  何來建立普通章法學？
- 學派的學術觀點，如何普及？

三 《漢語修辭學》的章法結構

仇小屏：我想與先生進行章法學的對話。原因之一是我覺
得王先生的論著是很講究章法的。例如《漢語修
辭學》一共十二章，每章九節，先生顯然是精心
設計的。

王希杰：我的寫作，很隨便。想到哪裡，寫到哪裡。但是
我寫《漢語修辭學》與《修辭學通論》的時候，
的確想做到均衡與對稱。西方人士葉爾姆斯列夫
構建了一座象牙塔，我曾經想以它來構建一座象
牙塔，但是，我思路總是在寫作過程中不斷變
化，無法做到這一點。《修辭學通論》沒能做
到，我就放棄這一努力。《漢語修辭學》相對好

一點。

仇小屏：王先生，您的《漢語修辭學》修訂本：

　　第三章　語言變體和同義手段
　　第四章　意義

在我看來，從邏輯角度上看，似乎應當是：

　　第三章　意義
　　第四章　語言變體和同義手段

顯然應當是先有意義，然後出現同義手段問題。有多少種意義，就有多少種同義手段。

王希杰：你問得很有道理。我也是這樣想的。我對一些研究者說，我關心的首先是語義問題。我同結構主義者的區別就在於：他們偏重形式；而我從一開始起，就非常重視意義。我之所以一旦偶然涉足修辭學，就能夠在四十多年時間裡，對修辭學都保持很高的興趣，就是因為歸根到底，修辭學的中心問題是意義。邏輯地說，我們先確定意義類型，然後再研究同義手段，這樣做最合理。但是，《漢語修辭學》修訂本如此處理，我是有考慮的。《漢語修辭學》修訂本的十二章，不是平行的、並列的，實際上是：

一　　總論：

第一章　修辭活動和修辭學

第二章　交際的矛盾和修辭學

第三章　語言的變體和同義手段

結語：修辭學和辯證法

二　　本體論

第四章到第十二章

本體論由兩個理論組成：

一　　核心理論

（1）結構理論

（2）修辭格

二　　邊緣理論

第十一章　語體風格

第十二章　表現風格

結構理論有三章：

第四章　意義

第五章　聲音

第六章　結構

《漢語修辭學》出版本的次序是：

之所以把聲音和意義換個次序，為的是同第三章
「語言變體和同義手段」銜接（頂針）。

我本想，修辭格部分也是三章，邊緣理論也是三
章。這樣很均衡，很美。我本想，每章內節數相
等，每節字數大體相等。後來放棄了這個想法，
隨其自然，隨意些。均衡中有變化。

仇小屏：同義手段問題，您講了幾十年，講了許多，我們
幾乎是沒有什麼好講的了。

王希杰：不對。我們對同義手段的研究，只是在詞彙層面
上成果多一些。對語法層面，注意得就很不夠
了。我們沒有能把語法學家關於語法意義的研究
成果轉化為修辭學。對語音的同義手段的研究也
很不夠。北方民族大學的聶焱教授正在研究語音
的同義手段。

仇小屏：王老師，您現在說的是具體運用到各個部分去，
我說的是同義手段的理論。

王希杰：同義手段的理論也需要更上一層樓。你看，美國
哲學家蒯因的《詞語和對象》（北京：中國人民
大學出版社，2005 年）。哲學家也在討論同義問
題，例如：

第二章：

11　場合句的主體內的同義性

12　詞的同義性

14　同義句和分析句

修辭學家可以、也應當同哲學家對話。在哲學家的啟發下，把修辭學中的同義手段研究推向新階段。

四　顯性和潛性

仇小屏：您提出把顯性和潛性理論運用到章法學研究中。我很想進一步把握您的顯性和潛性的理論。您在《漢語修辭學》修訂本第三章中增加了：

第九節　顯性同義手段和潛性同義手段

但是，您並沒有專門介紹顯性和潛性的概念。這是為什麼？

王希杰：我把《漢語修辭學》定位為實用修辭學，因此我就不願意過多地闡釋理論概念。點到即止，也不要求讀書去鑽這些概念。

仇小屏：我生活在臺灣的學術空間裡，對您的顯性和潛性，雖然很感興趣，但卻不是很熟悉，我希望您

能夠多說說。佛洛伊德學說是您的顯性和潛性理論的來源嗎？

王希杰：也許是吧。我當初是那麼糊裡糊塗地說了、寫了這些話語。最近翻閱方光燾老師的論文集，發現，他早使用這一對概念了。例如：

> 語言：潛在的，藏在每個社會成員的腦子裡。沒有潛在的，便不可能有顯現的。言談：顯現的。沒有顯現的預訂，潛在的便無作用可言。[1]
> 作為傳達手段的語言並不著重在表現，它是潛在的；而言語活動則是有意識的表現。[2]
> 在心理上，詞有潛在的意義，這種潛在的意義是與其他許多意義相聯繫而存在於意識之中的。顯現意義是與文脈配合之後才有的一定的、特殊價值的意義。如「先生」，潛在於人們的記憶之中，是沒有什麼特殊意義的，而是同很多意義相關的。[3]

這是方先生 1954 年在《語言學引論》中的論述。但是學生的我是《方光燾語言學論文集》1997 年出版之後才看到的。也許，方先生的這個

1　方光燾《方光燾語言學論文集》，北京：商務印書館，1997 年，頁 539。

2　方光燾《方光燾語言學論文集》，北京：商務印書館，1997 年，頁 537。

3　方光燾《方光燾語言學論文集》，北京：商務印書館，1997 年，頁 576。

想法在平常言談中也影響過我們吧？胡裕樹教授多次對我說：我們老師不做修辭學，你做的這套是你自己的。我現在認為，我的顯性和潛性理論同方先生也還有關係的。當然絕不是簡單的雷同。

仇小屏：方光燾教授有許多弟子，例如：胡裕樹、徐思益、趙誠等，他們怎麼不繼續與發展方教授的顯性和潛性的說法的呢？

王希杰：這個，我沒想過。我年輕的時候，整整一年，從早到晚，唯讀一本書：丹麥的葉爾姆斯列夫的《語言理論導引》，只有幾萬字的一本小書。最近中文譯本出來了，我翻翻，感慨萬分。我發現，葉爾姆斯列夫在他的著作中，一再說到「顯性、顯性化」，葉說到預測、操作定義。如此，我的一些術語，葉爾姆斯列夫著作中早已經有了。

仇小屏：許多人努力迴避自己的學說的來源，強調全是自己的創新，您卻經常強調您的理論是從前許多人都說過的。您為什麼要這樣做？

王希杰：如果我的想法，在我之前許多人也有過，這就可以證明我不是怪物，我是很正常的。這不損害我什麼，反而可以增加我的理論的生命力，有利於我的理論為更多的人所接受。這有什麼不好的？我提出自己的看法之後，形成自己的觀點之後，

我就到古今中外論著中尋找相同的相似的言論，找到之後我就非常高興。這是我的一種研究方法。從一個方面看，這是我缺乏自信心的表現，從另外一個方面來說，又是我很自信的表現，不害怕被前人打倒或者吞沒。

仇小屏：顯性和潛性，不僅僅是一個修辭學術語，我理解的對不？

王希杰：對。1989 年秋天，我在浙江的一個學術會議上報告了顯性和潛性，晚飯桌上，有年輕人問道：

> 「我是中學校長，這幾週，學校沒出事情，但是潛藏著出事情的可能性，就是說，潛性事故。我的任務就是防止潛性事故的顯性化。」
> 「那個小伙子，還沒老婆，但是他有許多潛老婆，一旦條件成立了，他的某個潛老婆就顯化了，他就有了一個顯老婆了。」

他們向我詢問，他們對顯和潛的理解是否正確。我回答說，很正確。

仇小屏：您的意思是顯性和潛性理論可以運用到日常生活中去？

王希杰：是的。後來，我發現外國大學者也是如此看的。趙毅衡《符號學文學文集》中說，巴爾特舉例說明組合和聚合又都可以是顯性的：

就一般來說，橫聚合是顯性的，縱聚合是隱含的，但是在很多情況下，兩者都可以顯示出來。巴爾特舉過一個例子：「飯店的功能表，有湯、菜、酒、飯後甜點等項，每項中點一項就成了我想點的晚餐。功能表提供了橫組合的可能，又提供了縱組合的可能，兩種都是顯示的。當我把功能表攤開，晚飯上桌時，才有橫組合顯示段顯示在眼前，縱組合退到『記憶聯想』中去。」[4]

這就是我所說的顯性和潛性（隱性）的相對性和普遍性。

我們到餐館去，功能表（編按：菜單）是聚合關係，呈現在我們的眼前，當然是顯性的。我們看不到飯菜，它們是潛性的。點菜的過程，就是運用語言的過程，就是用詞造句組織篇章結構文章的過程。點菜的結果，是一個話語，是組合關係的產物。飯菜上桌之後，飯菜是顯性，功能表是潛性，小姐或服務生拿走了功能表，我們看不見，也不需要看了。或者說，菜單潛化了。

可見組合的顯性和聚合的潛性也不是固定的。

仇小屏：我是說，顯性和潛性，也是章法學術語，對不？

---

4 趙毅衡《符號學文學論文集》〈前言〉，天津：百花文藝出版社，2004 年。

王希杰：對。我就是這個意思。章法，我可以區分出顯性的和潛性的。形式上的章法是顯性，因為具有形式標誌，看得見，摸得著，容易把握。內容的章法，則是潛性的。對偶、頂真、遞進、反復、排比、列舉分承等是顯性的。例如張祜的〈何滿子〉：

> 故國三千里，深宮二十年。
> 一聲〈何滿子〉，雙淚落君前。

前兩句是並列關係，顯性的。第三句與第四句的章法中間是因果關係。第一句是空間，第二句是時間，這是你們重視的時空結構。在我看來，並列關係是顯性，時空結構是潛性的。章法學歸根到底，是關係之學，研究物件是關係。這其實是一種關係模式，中國人言說的章法結構。說是結構，是模式，原因是它是能產生的。再如：

> 三十功名塵與土，八千里路雲和月。（岳飛〈滿江紅〉）

再深入一層，時空關係也是一種表達手段，它所表達的內容是潛性的，不能直接觀察得到的。甚至是根本無法言說的。歌曲〈何滿子〉與第一

句、第二句的關係則是潛性的。歌曲〈何滿子〉是窺視這種潛性內容的切入點、激發器。結果就是雙淚橫流。然而，那個潛性的內容，依然沒有直接出現。

值得注意的是，顯性章法與潛性章法肯定是矛盾的。資訊結構是潛性的，是順時空的，但是顯性章法可以是反時空的，逆時空的。章法學研究也需要注意潛性章法與顯性章法的關係。換一個角度，也可以說，寫作者心裡的章法是潛性的，文章中所體現出來的是顯性章法。

說話人不能告訴聽話人，我將如何說話。寫作者也絕不在文章中說，我將如何寫。對嗎？

仇小屏：寫作者往往是盡力掩蓋自己的寫作方式。給讀者出其不意之感。

王希杰：這就決定了文章的章法是潛性的。正因為章法結構是潛性的，才需要章法學家來研究呀！章法學家的研究才有價值呀。如果，寫作者在文章中一一交代了他的章法，還需要章法學家嗎？

仇小屏：先生的意思是說，章法原本是潛性的。我們章法學研究者的目的就在於把文章的潛性結構顯性化，給人們閱讀和寫作的方便。

王希杰：對。連貫與銜接是章法學的研究對象吧？

仇小屏：是的，章法學要研究連貫與銜接。

王希杰：連貫與銜接是話語語言學的研究物件。我這樣

說，是希望章法學打開眼界，與臨近學科交流與
結合。話語語言學也注意到了顯性與潛性。例如
張德祿、劉汝山的《語篇連貫與銜接理論的發展
及運用》第七章的 7-1-1：

顯性紐帶和隱性紐帶

作者提出兩個概念：

顯性銜接紐帶（explicit cohesive）
隱性銜接紐帶（implicit cohesive ties）[5]

他們區分了顯性和潛性，你們章法學家可以參考
的。

陳佳君：讀王先生的論著，我得到的結論是：已經出現的
東西是有限的，沒有出現的是無限的，對不？

仇小屛：先生引用精神分析大師對於冰山的比喻。冰山下
的，看不到的部分更大。

王希杰：對，章法也是如此。已經出現的章法總是有限
的。可能出現的章法是無限的。所以，章法是發
展著的，演變著的。

值得注意的是，顯性與潛性已經為其他學科所接

---

5 張德祿、劉汝山《語篇連貫與銜接理論的發展及運用》，上海：上海外語教育出
版社，2003 年，頁 150。

受，例如：

一、「潛體系」狀態下範疇鉤連的凸現

可以大體確認，正如中國古代文學理論批評體系是一種「潛體系」，古代文學理論範疇體系，也同樣表現出「潛體系」特徵。

所謂「潛體系」，顯然是相對於「顯體系」而言的。[6]

因此，我想，你們的章法學研究，似乎也可以有：顯章法和潛章法，顯章法體系和潛章法體系的吧。

仇小屏：先生提出預測，我們的章法研究中也可以預測嗎？

王希杰：當然可以。天氣可以預報，章法規則當然也可以預測的。

陳佳君：先生說具體些，好嗎？

王希杰：兩位博士大概常常上網路的，是吧？你們經常用手機簡訊聯絡的，對吧？我估計，網路和手機簡訊中，將出現「反章法」！故意地不講章法！對我們以往文章中的章法的偏離。你們章法學家，不必過分責罵，等等看，也許，它們還會成為章

---

6 汪湧豪《中國古代文學理論體系範疇論》，上海：復旦大學出版社，1999 年，頁630。

法常規呢。

仇小屏：如果我來寫一篇〈手機簡訊的章法偏離〉怎麼樣？

王希杰：我看與《尚書的章法研究》一樣有價值的。

五 對稱與並列結構（平行結構）

仇小屏：王先生在《漢語修辭學》中把結構分為橫式與縱式。王先生從十九歲開始就很注意橫式結構了。

王希杰：橫式結構是常見的、普通的。例如胡適的「三從四德」詩：

太太出門要跟「從」，

太太的話要聽「從」，

太太的錯誤要盲「從」。

太太化妝要等「得」，

太太花錢要捨「得」，

太太的生日要記「得」，

太太打罵要忍「得」。

我發現你們的貴族意識很強烈，你們的章法論著中是不會出現這樣的例子的。如果是我，就來發現它的章法，一來胡適是大名人；二來臺灣比大陸更推崇胡適。

仇小屏：我們沒想到過分析這樣的例子。先生的隨筆中這
　　　　樣的例子很多。

王希杰：我是鄉下農民。北京有人在文章中說，我是農
　　　　民，中國農民給了我許多好的品格。鄉下人就不
　　　　應當擺架子，隨和一些好。

　　　　朱維之主編《西伯來文化》中，有一個小標題：

　　　　希伯來詩歌的平行體

　　　　作者說：

　　　　　希伯來詩歌和現代詩歌的基本區別在於：它不
　　　　注重自身的音響韻律，而講究詩行之間的對
　　　　稱、和諧及局部詩句文意的相對完整，從而形
　　　　成一種輕音韻、重邏輯的獨特的「平行體」。
　　　　希伯來詩歌不押韻，這明顯區別於其他詩歌；
　　　　而一般詩歌不拘泥於局部詩句的工巧與完整，
　　　　又有別於希伯來詩歌。就希伯來詩歌注重詩行
　　　　內容的對稱和表意的相對完整而言，它於中國
　　　　古代的駢體頗為類似，如：「智慧勝過精金，
　　　　知識強如純銀」（《箴言》）的表現手法與「物
　　　　華天寶，人傑地靈」、「落霞與孤鶩齊飛，秋水
　　　　共長天一色」（王勃〈滕王閣序〉）很接近，但
　　　　未達到駢文的嚴密程度，它的平行體還比較自

由，表現形態也有若干不同的情況。[7]

駢體文可以說是橫式結構的典型代表。

仇小屏： 橫式結構相對簡單些，縱式結構比較複雜。

王希杰： 我的看法，表面簡單的，其實並不簡單。橫式結構，從顯性角度看，非常簡單。但是從潛性角度看，也很複雜的。同樣是並列結構，但是內容結構卻是大不相同的。

仇小屏： 啊！想起來了！先生從十九歲開始就很注意橫式結構。

王希杰： 我重視橫式結構也是因為它表面上非常簡單，其實很複雜。橫式結構也有顯性與潛性的區別。日本女學者中野美代子在《西遊記西天取經故事的構成——對稱的原理》一文中附了一張表格：

「西天取經」故事的對稱性原理[8]

表現的是取經故事的對稱性結構。這張表格是潛性的，絕大多數讀者都沒有想到過的。

仇小屏： 先生提醒我們，應當不斷更新思路，開闊視野。

王希杰： 並列只是章法的第一個層次，並列的背後還有章

7　朱維之主編《西伯來文化》，上海：上海社會科學院出版社，2004 年，頁 156。

8　中野美代子《西遊記的秘密》（外兩種），北京：中華書局，2002 年。

法結構的。例如，對聯是中國文化中最小的、最常見的、最簡短的文章。對偶（對照）是章法的對聯第一層次，但是章法學研究還不能滿足這一點。例如雲南黑龍潭對聯：

萬樹梅花一潭水　　——空間
四時煙雨半山雲　　——時間

我的意思是說，章法是多層次的。同一個文本，可以有多種章法。

我還認為，同一個文本，從不同的章法角度出發，可以走出不同的章法的。

雲南大觀樓的長聯（《漢語修辭學》修訂本，頁256-257），被公認為最長的對聯，現在好像發現了更長的。但的確是最長而又最精彩的。小屏博士可以去分析分析。

仇小屏：學妹陳佳君已經進行了這方面的分析。

王希杰：大和小是章法要素。於是：

大——大　　並列
小——小　　並列
大——小　　對照
從大到小　　從個別到一般　　隨筆小品
從小到大　　從一般到個別　　學術論文

大——小並列，章法錯誤。

仇小屏：王先生的層次觀念很強。

王希杰：層次觀念在章法學研究中是很重要的。例如：

（1）江蘇、北京、山東、上海、福建……

（2）南京、上海、廣州、濟南、臺北……

（3）南京、北京、上海、廣東、新疆、拉
薩……

（1）省市（直轄市）等。（2）城市。（3）省與
省轄市混淆，並列不當，不合章法。如果這是論
著的小標題的話，那麼就是不合章法。

六　章法學的研究範圍

仇小屏：上個世紀八十年代初，王先生就提出口號是向深
度和廣度進軍。先生也曾希望臺灣章法學研究向
高度和深度進軍，希望您說得具體些。

王希杰：我有一個想法，曾想在適當時候，對陳滿銘教授
說說，僅供參考的。現在就隨意說說吧。
我以為，臺灣章法學，陳教授及其弟子們的研
究，深度是很了不起的了。尤其是近幾年裡，滿
銘教授的論著，從哲學的高度上來認識章法現
象，恐怕是相當時間內，很難有人能夠超越的。

我實話實說了，但是在高度方面注意，不過，雖然有些年輕學者注意到運用到中小學語文教學中去。我感到，章法學研究在臺灣的處境不是非常之佳的。

仇小屏：先生是從我們的論文著作中得到的印象吧？

王希杰：是的。我們大陸的修辭學，從八十年代開始，在許多場合，都大為不滿，忿忿不平，抱怨修辭學不被重視，受到了冷落。我往往說：不准發牢騷！如果人家不重視我們，那就是我們的工作沒做好。我們絕不乞求人家來可憐我們。我們要做到，他們不得不重視我們！四分之一世紀了，我一貫如此，很堅持這個立場。

回到臺灣章法學研究上，人家不重視我們，冷淡我們，不去計較人家，做好我們自己的事情。滿銘教授從哲學上來闡述，就是這個事兒。

恕我直言，臺灣章法學研究一定程度上忽視了廣度。那麼我希望加強向高度進軍。

仇小屏：如何一個廣度法？

王希杰：陳教授同時是中國古典詩詞的研究者，長期講授古典詩詞。你們的章法學重要是建立在古典詩詞的基礎上的。也主要運用於古典詩詞的教學，其次是中小學語文教學的實踐。仇小屏把章法學同修辭學結合起來研究，這也很好。

但是，還不夠！

口語有章法嗎？

對話有章法嗎？

仇小屏：口語有章法。對話有章法。

王希杰：兩個人談心，之所以能夠順利進行，就是因為雙方都遵守一定的章法。如果有一方不遵守章法，談話就會出現短路現象。例如：

> 甲：啊，賈博士，你看見陳教授嗎？
>
> 乙：我昨天買了一件迷你裙。看見你大姐代問個好。你喜歡月亮嗎？
>
> 甲：明天是中秋節。我看到過日全食。你妹妹上高中了吧？
>
> 乙：做人，不能說謊。藍色最可愛。

這樣的談話還能能夠繼續下去嗎？不能！其原因是交談雙方都沒章法，都不遵守章法。再如：

> 甲：你吃了我的巧克力？
>
> 乙：小狗吃的。
>
> 甲：你說謊。
>
> 乙：小狗才說謊呢！

是有章法的。再如：

甲：你是文學博士？

乙：是，我的導師是陳滿銘教授。他人可好哩！

甲：啊，你是陳老師的學生，我也是。我從前聽過陳教授的課。陳老師給我一個優秀呢！我好開心呀。

乙：那，你是我們師姐了。我請師姐吃飯。

甲：應該我請你小師妹吃飯。告訴你，陳老師還請我吃過飯呢。

這樣的談話是越談越開心，話幾乎說不完。

仇博士，你看研究日常對話的章法，有必要嗎？

仇小屏：有必要。可以幫助人們更好地進行日常會話。

王希杰：其實，日常生活中，並不是每個人都會跟人家談話的。我們都有這樣的經驗，跟某人談話很開心，時間不知不覺就過去了。而跟某人一談就崩了，不歡而散。其中重要原因之一，就是這個人談話沒有章法。所以我說，研究日常會話的章法，可以幫助一些人生活得更快活。

仇小屏：我來試試看。

王希杰：從日常會話中，你可以發現唐詩宋詞中沒有的章法規則，可以總結出新的章法規則。

廣告有章法？需要研究！經濟時代。臺灣的廣告業很發達的。

相聲就是對話。相聲有章法嗎？研究它！

電影，電視劇，電視連續劇，有章法嗎？有！研究它！臺灣的影視業很發達的。

應用文有章法嗎？有！研究它！社會很需要的！上個世紀八十年代初，我提出，修辭學走出修辭格的狹窄的牢籠！從名人名作名句中走出來。我甚至說，修辭學的對象是：一切人的一切言語活動！

如果臺灣的章法學家，走出古典詩詞的狹窄的牢籠——請你們不要生氣，我一向說話直爽，不兜彎子——到一切的言語作品中，去研究各種類型的話語的章法結構，那麼，就是人家需要你，他們求你！他們歡迎你，給你鼓掌，送你鮮花！

仇小屏：先生您說的好浪漫呀！

王希杰：隨便說說，不要那麼當真。

遊戲筆墨，有章法否？如果有，可以分析，應當研究！如何分析？立法院可以打架，摔女士高跟鞋子，為什麼遊戲筆墨不好研究呢？

我在二十多年前，就多次說，中國是語言文字遊戲的大國。語言文字遊戲很值得研究。中小學語文教學應當充分利用語言文字遊戲。例如，清朝有一個叫做文映江的人寫了一首詩，題目叫做〈詠針〉：

> 百煉千錘一根針，一顛一倒布中行。
>
> 眼睛生在屁股上，只認衣裳不認人。

仇小屏：我覺得王先生的建議很寶貴，開拓廣度很重要，其實陳老師的弟子有許多已經將章法運用在新詩、現代散文的鑑賞上，童話、童詩甚至極短篇的鑑賞，以及國文教學上。更廣泛地運用章法去分析更多種語料，得出不同的效果，是我們弟子需要努力的。

七　修辭格

仇小屏：王先生提出修辭格與章法的關係，指出許多修辭格就是章法手段。從章法研究成果中，可以總結出新的修辭格。我是很贊成的。不過委實感覺到，對修辭格，您很矛盾。一方面，1978 年，您發表了〈修辭的定義及其他〉，呼籲打破辭格中心論，衝破辭格的牢籠；一方面，您十分重視辭格，您認為辭格是修辭的核心，是思維的模式，是人類行動的模式。

王希杰：這兩個方面並不矛盾。辭格是人見人愛。人創造了辭格，人生活在辭格的海洋中。當然很重要。但是，長期以來，我們的修辭學論著中的修辭格，的確如某些專家學學者所說，只是婦女胸前

的別針，那就不值得那麼重視了。

仇小屏：您強調辭格的方法和方法論價值。您說：

> 第一、辭格是一種表達方法；
>
> 第二、辭格是一種思維手段、認知方式；
>
> 第三、辭格是一種研究方法，具有方法論的意義。

當然就非常重要了。

王希杰：這三個方面，需要大家認真深入地研究。

仇小屏：您說：

> 修辭格……是修辭學的核心部分；
>
> 修辭格是修辭學中最有趣味的部分；
>
> 修辭格也是修辭現象中研究得最多的部分、形式化模式化程度最高的部分，比較容易把握。[9]

王希杰：修辭格是修辭學中最形式化的部分，所以也最有價值。形式化程度高，才具有方法論的意義。

仇小屏：您的《漢語修辭學》，從美學的角度把辭格分為四類，當時沒有引起注意，現在卻逐步成為關注的重點。

---

9 王希杰《漢語修辭論》，北京：當代世界出版社，2006 年，頁 303。

王希杰：學者說是從美學角度區分的。說老實話，那時，我並沒有閱讀過多少美學論著。我是語言專門畢業的。美學在方光燾老師的純語言學角度上，是索緒爾的非語言，我們年輕時候，不關心，不重視的。

仇小屏：有論文說，您是接受了譚永祥的修辭美學的觀點。

王希杰：這就太荒唐了。那時候，譚永祥的修辭美學還沒有影子呢！

仇小屏：「修辭格」這個術語，最早見之於唐鉞的《修辭格》。又叫：「辭格」，「語格」、「詞藻」、「藻飾」、「語式」、「轉義」、「辭樣」。
人們把「辭格」稱為「修辭技巧」、「修辭方式」、「修辭方法」和「表現手段」，混同起來。

王希杰：我看還是區分開來的好。

仇小屏：所以您說：

> 不能把「修辭格」同「修辭方式」、「修辭方法」和「表現手段」混為一談，應當作嚴格區分。在我們看來，「修辭方式」、「修辭方法」和「表現手段」的範圍都比「修辭格」要大得多，修辭格只是其中的一個部分。[10]

---

10 王希杰〈二十世紀漢語修辭格研究〉，見陳芝芬、鄭榮馨主編《修辭學新視野》，北京：中國文聯出版社，2005年，頁76。

王希杰：我年輕時，同高名凱教授論爭，在〈略論語言和言語及其相互關係〉[11]一文中，我批評高先生的「言語」一詞的多義性、模糊性。那時候，我就強調，科學術語應當是單義的。

仇小屏：您反對「修辭」兼指修辭學，為的也是術語的單一性。您區別「修辭格」同「修辭方式」，避免了術語使用的混亂現象，促進修辭學研究的精密化。這也是您思維的嚴密的反映，是您的科學精神的體現。

仇小屏：您修辭格的定義：

> 修辭格是一種語言中為了提高表達效果而有意識地偏離語言和語用常規，並逐漸形成的固定格式，特定模式。[12]

在臺灣，您的朋友沈謙教授基本上是接受的。他的修辭格定義同您的定義是大同小異的。

在《修辭學通論》中，您提出了最廣義的兩個定義：

> 修辭格是一種語言中為了提高表達效果有意識

---

11 《南京大學學報》，1964 年第一期。

12 王希杰〈什麼是修辭格〉，見王希杰主編《語言學百題》（修訂本），上海：上海教育出版社，1992 年。

地偏離語言的和語用的常規的固定格式、特定模式。包括已經逐漸形成了的、和現在還沒有出現的、但是可能會出現的在內。[13]

王希杰：這個定義是許多人難以接受的，實際運用就更難。我主張，對同一對象，例如修辭格，可以有多個定義，不要拘泥。

八　對聯章法

仇小屏：我們已經開始擴大章法學的研究範圍了。先生提到對聯，我的師妹陳佳君已經作了研究。她研究的是昆明大觀樓的長聯。

王希杰：我是 1983 年夏天遊大觀樓的，陪王力夫妻，王先生的長子秦苡夫妻的。

仇小屏：長聯原文如下：

五百里滇池，奔來眼底，披襟岸幘，喜茫茫空闊無邊。看：東驤神駿，西翥靈儀，北走蜿蜒，南翔縞素。高人韻士，何妨選勝登臨。趁蟹嶼螺洲，梳裹就風鬟霧鬢，更蘋天葦地，點綴些翠羽丹霞。莫孤負，四圍香稻，萬頃晴

---

13 王希杰《修辭學通論》，南京：南京大學出版社，1996 年，頁 40。

沙，九夏芙蓉，三春陽柳。

數千年往事，注到心頭，把酒凌虛，歎滾滾英雄誰在？想：漢習樓船，唐標鐵柱，宋揮玉斧，元跨革囊。偉烈豐功，費盡移山心力。儘珠簾畫棟，卷不及暮雨朝雲，便斷碣殘碑，都付與蒼煙落照。只贏得，幾杵疏鐘，半江漁火，兩行秋雁，一枕清霜。

真是千古絕唱。

陳佳君：這個長聯的章法結構分析表，可表示為：

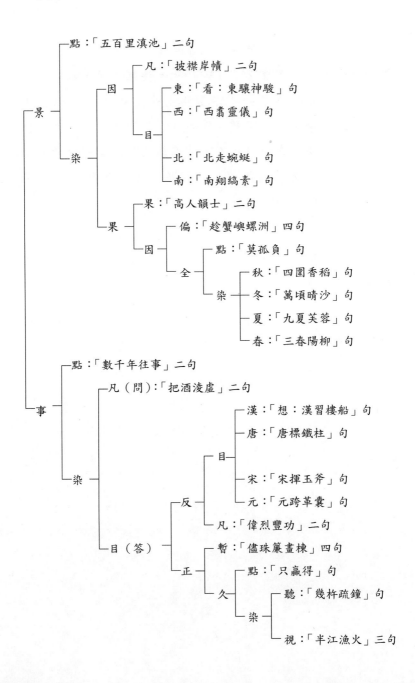

王希杰：好，我可分析不到如此精密。我在《漢語修辭
學》中是只引用，而不分析。你的分析，可以作
為《漢語修辭學》的重要參考資料。有人對我
說，想編寫《漢語修辭學》教學與自修手冊，你
的分析就應當編進來。

陳佳君：上聯是寫登樓所見的風光，景中有事，下聯則藉
懷想史事來抒發感慨，事中有景，因此，結合上
下聯就「篇」而言，此副長聯主要是以「先景後
事」的結構寫成。

王希杰：對於對偶（對聯），我只是，第一，把上下兩聯
當作 A 和 B 兩個構成成分，A 和 B 是並列結
構；第二，A 和 B 主要是三種關係：正、反、串
對。更深的關係，我想過，卻沒分析。或者：

　　時──空
　　三十功名塵與土
　　八千里路雲和月
　　空──空
　　四面荷花三面柳
　　一城山色半城湖
　　物──我（人）
　　三間西倒東歪屋
　　一個南腔北調人

陳佳君：就上聯來說，作者先在首二句，以廣闊的滇池景
　　　　致奔入眼底，來引起下文，由第三句開始，則為
　　　　寫景的主體，形成「先點後染」結構。在「染」
　　　　的部分，前半之喜賞美景，與後半之再三招徠，
　　　　又形成因果關係；首先，寫「因」的節段，是先
　　　　敘述自己敞開衣襟，整高帽子，盡情享受眼前景
　　　　的動作，並總括出內心喜於欣賞的茫茫景象，然
　　　　後再結合美麗的傳說故事，以「看」字分目領出
　　　　昆明的金馬山、碧雞山、蛇山、鶴山等四方名
　　　　山；其次，就「果」的部分來看，作者是因著上
　　　　半所鋪陳的滇池風貌，而對文人志士發出「何妨
　　　　選勝登臨」的由衷建言，接著再藉由「偏」（局
　　　　部），用一個「趁」字，描繪出眼前所見的湖光
　　　　山色與蘋葦羽霞，並以「莫孤負」，就「全」（整
　　　　體）進一步點出大觀樓秋、冬（昆明素稱「夏不
　　　　酷暑，冬不嚴寒」的「春城」，「萬頃晴沙」指冬
　　　　陽撒落的景象）、夏、春的四時之景，大大加強
　　　　了登攬勝景的驅動力，一股欣喜與珍惜之情，也
　　　　透過極具層次的景物散發出來，因此可以說第四
　　　　句當中的「喜」字，起著貫穿上聯的作用。

王希杰：不分析，就是混沌一團。科學就是分析。分析就
　　　　是學問。

陳佳君：相對於上聯而言，下聯的情緒則是轉「喜」為
　　　　「歎」。開頭先以「數千年往事，注道心頭」為

引子，由上聯的寫景過渡到敘事，「把酒淩虛」以下為「染」，一方面交代歷朝與雲南相關的史實，一方面也抒發出內心的無限感慨。其中，作者先透過問句，總括出「英雄誰在」的主題，但歎問滾滾英雄有誰尚在，實際上即言「不在」，故底下敘述豐功偉績的一段，為「反」，而慨歎一切化為烏有者，則為「正」。「反」的部分是先分寫漢鑿昆明池練水軍、唐平定南詔、宋欲征滇的計畫，以及元收服雲南等事蹟以見一斑，然後用「偉烈豐功」二句統合上文，強調了千古英雄費盡心力而得的偉大事功，但後半筆鋒一轉，藉暮雨朝雲喻改朝換代之速，所有輝煌的功勳，亦僅剩蒼煙落日中的斷碣殘碑，末尾以「只贏得」一句，將時空由「暫」而「久」的拉長，透過聽覺的「疏鐘」，與視覺的「漁火」、「秋雁」、「清霜」等景物，更進一層的渲染了悲涼蒼茫的意境。

王希杰：佳君博士的分析很成功，是對聯分析的範例。可見，陳氏章法學是成功的、科學的、有用的，可以廣泛運用的。

大家都讚美這一長聯，只會說好，卻說不出好在哪裡。你的分析應當放在大觀樓展覽，出售。

仇小屏：有人買嗎？

王希杰：會有的，但是，最好是在大觀樓的下面。我已經

退休，可以做佳君博士的經紀人、代理人，坐在
大觀樓下。

陳佳君：王先生肯做我的經紀人，當然很榮幸。

仇小屏：佳君學妹還有更精彩的分析呢。

陳佳君：這副長聯在章法上的特色，可以歸納出它是以
「先景後事」的結構成篇，若分就上、下聯觀
之，則可發現它們同樣以「先點後染」形成
「篇」的結構，而在「章」的部分，則各有變
化，這是由於長聯雖然運用了相同的句法，但所
表達的內容若不同，其組織的邏輯關係也會不
同，連帶的就會影響到呈現出來的結構，不過，
因為對聯需講究字數、詞性、語法等對應，故在
變化中也會有相似之處，如上下聯皆出現凡目、
點染等章法。

王希杰：只有陳氏弟子才能做出這樣的分析來的。

陳佳君：孫髯翁靈活的運用了點染、因果、凡目、偏全、
久暫、正反等邏輯思維來謀篇佈局，使長聯各部
分的內容，有了適宜的安排和緊密的關係，並且
從眼前所見的風光，擴大到歷史演變的規律，不
但深化了長聯的內涵，也加強了它的感染力。無
怪乎此一百八十字長聯問世，即轟動一時，「聞
者莫不興起，冀一登臨為快」（夏甸昀〈遊大觀
樓記〉）。

王希杰：佳君博士的分析很有價值。我們知道，對偶是漢

語和漢文化的特徵。只有漢語才能產生出如此精妙的對偶（對聯）來。如果請林語堂大師翻譯成英語，結果如何？哭笑不得！對聯和雙關和回文是不能翻譯的。例如：

> 做女人美好
> 做女人挺好

其實，作為廣告辭的佳例，這兩個廣告就可以分析，雖然它們只有五個漢字，也有它自己的章法，只有把握了它的章法，才能夠體會到它的奧妙。它們同樣也是不能翻譯成西方語言的。

從佳君博士的對聯分析來看，陳滿銘教授是很成功的，成功地組建陳氏章法學團隊。陳氏章法學理論可以運用到許多方面去。

陳佳君：我真的很高興。

王希杰：我有一個建議，俗話說「一樣話，百樣說。」章法學理論體系、分析模式是相同的，但是運用於不同的對象，服務於不同的對象，我們完全可以使用不同的說法。這一點，章法學團隊的成員是可以師法觀音的，他老人家，以多種多樣的面孔出現於世人之前：面對女人，他以女人的模樣；對男人，他化作男人……三十六種觀音啦！

我希望你們有自己的表達，不要千篇一律，必須

　　　　不拘一格，百花齊放，豐富多彩，千姿百態。

仇小屏：謝謝您這樣高瞻遠矚的期許。

九　章法單位

王希杰：學術研究需要相互借鑒。例如，章法學研究可以
　　　　借鑒語法的成果與方法。

陳佳君：王先生有什麼好主意。

王希杰：隨便說說。

　　　　通常說語法是用詞造句的學問。語法學家喜歡用
　　　　成分和結構體的術語。對語法學研究而言，最小
　　　　的成分是詞，因為它是能夠獨立運用的，詞以下
　　　　的東西是可以不管它。最大的結構體是句子，語
　　　　法學可以不管大於句子的東西。

陳佳君：章法的最大單位是完整的篇章。

王希杰：章法學最大的結構體是篇章。大的篇章，如長篇
　　　　小說，電視連續劇。最小的篇章，就是中國文化
　　　　中的對聯。例如：

　　　　海天一色

　　　　風月無邊

　　　　民間文學中的三句半，也就是一個篇章。

陳佳君：手機簡訊就是一個篇章。

王希杰：語音學中，音位是成分，音節是結構體。

現在的問題是，章法學研究的最小、最基本的單位（成分）是什麼？

章法學的研究對象就是章法的最小單位（成分）是如何結構成最大的結構體？換句話說，也就是：把章法的最小單位（成分）結構成為最大的結構體的模式。

陳佳君：這個問題值得我們思考。

王希杰：中國古代學者重視的是，從字到句，從句到章。

陳佳君：劉勰《文心雕龍》中就說過這個問題。

王希杰：從字（詞）到句，是語法學。從句到章，是章法學。語法學不考慮句子以上的。章法學，不考慮句子以下的。這樣說來，章法的最小單位是句子。一個句子，沒有章法可言。兩個以上的句子，就有、才有章法問題。例如：

上有天堂，下有蘇杭。

上有老，下有小。

天上龍肉，地上驢肉。

你走你的陽關道，我走我的獨木橋。

大路朝天，各走一邊。

換句話說，章法學不研究獨立的、單獨的句子。這正如，語法學不研究單獨的、孤立的詞。方光

燾教授非常強調這一點。

陳佳君：王先生說的對，兩個以上的單位，才有章法。

王希杰：因為對聯有上下兩聯，因此可以做章法分析。對話因為是一問一答，所以可以做章法分析。

科學就是分析。分析有兩種：

從大到小；

從小到大。

從大到小的，是聽話人的分析、閱讀者的分析。把句子分析到字（詞）。把篇章分析到句子。從結構體到成分。

從小到大，是說話人的分析、寫作者的分析。把字（詞）組合成為句子。把句子組合成為篇章。

陳佳君：兩種角度都是需要的。對吧？

王希杰：兩種角度是相互補充的。

章法研究中需要注意層次。正如語法研究中，詞不是直接組合為句子的，其中還有短語，在句子裡，組成句子的那些詞，不全是平等的、並列的。在篇章中，句子同篇章之間，還有過渡單位。

陳佳君：段落。

王希杰：不是句子直接構成《紅樓夢》。

一首詞，首先分上下兩片。對聯首先分上下兩

聯，每聯之內，還可以再進行分析的。

陳佳君：您提出：「從字（詞）到句，是語法學。從句到
　　　　章，是章法學。語法學不考慮句子以上的。章法
　　　　學，不考慮句子以下的。」使我想到「複句」與
　　　　「句群」也講究關係，都會談到它們的結構分
　　　　類，比如並列複句／句群、連貫複句／句群、總
　　　　分複句／句群、因果複句／句群等。

　　　　其中，複句裡那兩個或兩個以上的分句，必須組
　　　　合成一個整體來理解，因此屬於語法學的研究範
　　　　疇。但是相形之下，「大於句子的語言片
　　　　段」──句群，它的身分就似乎很尷尬了。那
　　　　麼，我們應該如何看待「句群」的研究呢？

　　　　不知道我的理解是否恰當？請老師指導了！謝謝
　　　　您！

王希杰：句子，按理說，包括單句和複句。複句就是句
　　　　子，章法學既然只是句子中間的組合規則，就可
　　　　以不理睬複句內部的關係。把複句當作一個基本
　　　　的意義單位。

　　　　不過，我講授現代漢語的時候，也強調過語法學
　　　　的研究對象，到單句就可以了。複句，其實是一
　　　　個邏輯問題，是語法的運用問題──關聯詞語與
　　　　複句的關係。不過，我不很堅持這個觀點，比較
　　　　隨和。不反對語法學家研究複句。沒有什麼壞處
　　　　的。

在我看來，語法學研究句子以下的——「句而下學」；章法學研究句子以上的——「句而上學」。章法學家就是「句上學家」，簡稱「句上家」。

陳佳君：也可以叫作「句間學」的。

王希杰：對。「句群」既然是兩個以上的句子的組合，那麼句群學同章法學的研究對象就重合。兩者的區別、聯繫是應當研究的。關鍵是兩者的角度、目的、研究方法不一樣。

十　零度與偏離

仇小屏：我在前面說：「寫作者往往是盡力掩蓋自己的寫作方式。給讀者出其不意之感。」可是我從觀察中，以及自己的寫作經驗中，所得出的感受是：寫作者有表達得更生動的需要，因此會自然而然地發展出各種表達的方式，這些方式歸納起來，就是各種修辭格、構句方式、構篇方式……等，這在某個程度上可說是先天的，創作者往往在不知不覺中就運用了某種能力來進行創作，但是卻並未自覺到自己運用了何種能力。就以修辭中的譬喻能力來說，極小的小孩就可以靈活地運用譬喻（例如：「他的臉圓得像皮球」、「阿姨漂亮得像新娘子」……等等），但是小孩本身並未學習過譬喻格，當然也不會認識到自己已經運用了譬

喻格，章法以及其他能力也是如此；而研究者則是就語言現象中探求其中之理，不只「知其然」，還要「知其所以然」。

因此我想把那段話調整成：「寫作者的偏離努力，往往是自覺的；但是採用何種藝術表現手法，卻往往是不自覺的。王老師的零點與偏離理論，正好可以用來說明這種現象。」

老師，不知道您同意嗎？

王希杰：當然同意。

說到零度與偏離，我想談談學術風氣問題。

你可能已經注意到了，許多人提到我的零度偏離理論的時候，總是說：我成功地引進、改造了比利時列日學派的理論。這幾乎成了公認的說法。

仇小屏：李名方、鐘玖英主編的《王希杰和三一語言學》（北京：中國文聯出版社，2006 年）中，有日本學者加藤阿幸教授的論文〈中國當代修辭學的「零度偏離」和列日學派理論比較〉，我佩服加藤教授的嚴謹。讀了她的論文，我對王老師的零度偏離理論，也有了進一步的理解。

陳佳君：日本學者加藤阿幸教授在〈中國當代修辭學的「零度偏離」和列日學派的修辭學理論比較〉（李名方、鐘玖英主編《王希杰和三一語言學》，北京：中國文聯出版社，2006 年）中，作出了客觀地詳細地比較，加藤教授說：

概括列日學派的「zero　level」一詞，我們得
出下面的結論：列日學派只對「zero　level」
加以描寫而已（並非給它加上任何科學上的定
義）。[14]

我不明白，中國學者為什麼要貶低中國人的創新
呢？為什麼出來澄清的，竟然是日本學者呢！

王希杰：加藤教授是臺灣人。在日本早稻田大學讀書，入
日本籍的。

對比加藤阿幸教授的理論，我深深地感覺到，我
們的學者，有時候，說話是很不負責。這種不負
責的言論太多了。學者必須站立在事實的基礎
上。做學問最重要的是：實事求是。用事實說
話。我多次說，臺灣學者比大陸學者要嚴謹些。
臺灣杜正勝反對使用成語的言論中，自己就運用
了成語。他反對我們運用成語，他自己的這段話
語裡就用了成語。「只許州官放火，不許百姓點
燈。」他不是學者，不在我們的討論範圍之內。

仇小屏：章法的零度和偏離是一個值得我們思考的問題。

王希杰：如果說，物理世界的時間和空間是零度的，那麼
各種文化世界的時間和空間，都是對物理的時間
和空間的某種偏離。

---

14 趙毅衡《符號學文學文集》〈前言〉，天津：百花文藝出版社，2004 年。

如果把平常人的時間和空間觀念當作零度，那麼文章中的時間和空間都是某種偏離——例如倒敘、插敘等。

如果科技學術語體、公文事務語體的時間和空間是零度，那麼文學作品中的時間和空間就是偏離。

如果散文中的時間和空間是零度，那麼詩詞中的時間和空間就是某種偏離。

意識流、黑色幽默作品中的時間和空間，就是典型的偏離。

如果一般人是零度，醉酒者、精神病人就是偏離。

陳佳君：就是說老師的零度與偏離，是相對的。

王希杰：是這個意思。

仇小屏：你的零度與偏離是層次性的、等級性，對嗎？

王希杰：非常正確。有一本書，叫作《怪誕藝術美學》，作者劉法民。人民出版社，2005 年。如果藝術是對自然的偏離，那麼怪誕藝術則是對常規藝術的偏離。這本書中討論的是已經出現了的偏離藝術，用我們的術語說，是顯性偏離藝術。

仇小屏：先生的意思是，潛性偏離是無限的，怪誕藝術還多著呢。關鍵是藝術家去把它顯性化。

十 面對現實

王希杰：我在臺灣時，在飯桌上，有位年輕的女學者問我：「在臺灣，我可以批評我們總統，你們在大陸敢嗎？」我沒有回答，因為我的確從來就沒有批評過我們的領導人，如果我說，我們大陸也可以的，就中計了，請先生回到大陸去攻擊共產黨領袖！順便說一句，前幾年，在一篇文章中挖苦諷刺了全國人大副委員長許嘉璐先生。

仇小屏：學術是比較敢想、敢說的。

王希杰：我現在的意思是，臺灣既然如此民主自由，臺灣的章法學研究者，可以分析研究政治家的言論的章法的吧？陳水扁、連戰、馬英九、杜正勝、陳唐山等。美國是臺灣的老大哥，政治家看美國佬的眼色。我說美國學術有值得中國人學習的地方。拿修辭學來說，外國侷限在名家名作名言上，很有貴族氣派。美國學者很重視社會生活中的各種修辭學現象，他們研究伊拉克總統薩達姆的演說，研究美國總統性醜聞期間的相關人物的言談……。

我在臺灣的時候，在馬路上得到了宋楚瑜的競選傳單，我帶回大陸，在課堂上分析其修辭技巧。連戰、宋楚瑜登「陸」期間，我在課堂上要求學

術注意、分析他們的言談的修辭問題。例如，連戰離開臺灣，在機場上同陳水扁通電話，稱呼是「先生」；他把北京大學叫做「母校」。宋楚瑜在南京說南京話，在湖南說湖南話，到上海說上海話……。

我多次分析陳水扁、陳唐山、杜正勝等人的言論的修辭與章法，很有意思的。例如陳唐山罵新加坡鼻涕沫的那段話，杜正勝反對運用成語的那段話，都是修辭學和章法學的絕好的例子。這些好例子是我們自己挖苦心思也造不出來的。

我反對為例子而例子。但是，我很重視例子。一個好例子往往讓我興奮不已。

我的學生常常被我的例子吸引了。他們驚訝我發現例子的本事。

一個好教師應當有好的例子。尤其是語言學、章法學這樣相對枯燥的課程來說。我相信，語法學、章法學課程都相對枯燥，是不能跟影視課、民間文學課等比較的。

上世紀八十年代，我外出開會、講學，在一些朋友家，常常很不客氣地說：你的書架上只有幾本現代漢語教材，你不讀小說，不看電影，不聽相聲，不注意日常生活中人們的言談，從書本到書本，例子全是人家的教材上的，學生怎麼會有興趣呢？你自己一次又一次在課堂上重複人家的例

　　　　子，不厭煩嗎？要講好現代漢語，例子也要翻
　　　　新，自己到生活中去發現。

王希杰：我希望臺灣章法學家在例子上也要翻新。唐詩宋
　　　　詞固然好，但是侷限於此，就不是非常好的。

＊註：本文刊載於《章法論叢》（第二輯），臺北：萬卷樓圖書有
　　限公司，2008.3，頁 36-87。

至高宏闊的視野，
新穎可靠的結論
——陳佳君《篇章縱橫向結構論》簡析

孟建安·廣東肇慶學院　文學院　教授

摘 要

　　陳佳君的專著《篇章縱橫向結構論》具有強烈的方法論意識，堅持了科學的方法論原則，並在此前提下提出了自己關於篇章縱橫向結構疊合的章法思想，初步建構了較為科學合理的篇章縱橫向結構疊合的理論體系，為漢語辭章章法學研究做出了重大貢獻。

關鍵詞
《篇章縱橫向結構論》、方法論原則、
篇章縱橫向結構疊合理論

在辭章學研究的歷史上高高飄揚著三面旗幟[1]，在北京以張志公為代表，在福建以鄭頤壽為領銜，在臺灣以陳滿銘為統帥。陳佳君博士便是臺灣辭章學研究大軍的中堅，尤以章法學和意象學為主攻方向，並出版了《篇章縱橫向結構論》、《虛實章法析論》、《國中國文義旨教學》、《辭章意象形成論》等論著近 40 篇（部），已經形成了有別於他人的科學研究旨趣，走出了一條屬於自己的學術攻堅之路。

近來再度研習由文津出版社於 2008 年發行的陳佳君博士的鴻篇巨制《篇章縱橫向結構論》，深感受益頗多。本文擬從方法論和研究結論兩個方面作簡要的分析與闡釋，以闡述並論證該專著為辭章學研究做出的重大貢獻。

一

文題「至高宏闊的視野」是說陳佳君搶佔了辭章學研究的制高點，佔據了可以高瞻遠矚的有利地勢，因而便擁有了開闊的視野，可以做到登高而望遠，一覽眾山小。這實際上是突顯了陳佳君辭章學研究中所具有的強烈的方法論意識，所持有的學術研究立場，以及所堅守的科學的方法論原則。在筆者看來，《篇章縱橫向結構論》中頗能體現這種精神的主要有三個方面。

---

1 鄭韶風〈漢語辭章學四十年述評〉，《國文天地》，2001.7，頁 93-97。

（一）「多、二、一（0）」螺旋結構理論之統合

　　「多、二、一（0）」、「（0）一、二、多」螺旋結構是陳滿銘長時期執著追尋並精心建構的科學的辭章章法理論體系[2]，洞察了漢語辭章章法的基本規律，發掘了漢語辭章章法的多樣化類型。陳佳君深得陳滿銘辭章學研究之思想精髓，始終堅持以「多、二、一（0）」螺旋結構作為綱領性理論指導其對篇章縱橫向結構的系統性探索。

　　陳佳君秉承並延展了陳滿銘之辭章章法思想。依據她的看法，在篇章結構向度上都是縱向結構和橫向結構的交合；在意象向度，都是「意」與「象」二分天下並統於一。這些無不折射出篇章結構的「一（0）」與「二」之架構。與此同時，在每個向度上又從不同的側面展演了「一（0）」、「二」之「多」。比如，從縱向結構看，辭章中所出現的各種個別性的意象，包括情意象、理意象、事意象、景意象等即為「多」；連結起各種外在材料與內在情意的「構」，有對比或調和的關係，即為「二」；統一在最核心的「意」（「情」或「理」）之下，並形成抽象的風韻格調，即為「一（0）」。從橫向結構看，在原則性層面表現出來的是，章法四大律與「多、二、一（0）」之對應理則，由「秩序律」與「變化律」所形成的各種結構類型，應該屬於「多」；由「聯貫律」透過「對比」或「調和」，

---

2 陳滿銘《多、二、一（0）螺旋結構論》，臺北：文津出版社，2007。

從中發揮徹上徹下的銜接作用，即為「二」；「統一律」則是以主旨或綱領將材料與情意一以貫之，形成整體甚至由此生發美感、蘊含風格，即屬於「一（0）」。在具體辭章章法結構實體層面表現出來的是，「多」呈現為辭章以二元對待關係形成各個層級的章法結構，「二」表現為由核心結構的對比或調和而形成的關聯，「一（0）」則體現為終由主旨與風格將辭章作品牢籠為一體。陳佳君在篇章縱橫向結構研究的過程中始終恪守「多、二、一（0）」螺旋結構理論，不僅具有極為重要的方法論意義，而且更進一步提升了其研究成果的理論價值，從而建構了獨具特色的科學性較強、學術水準較高的篇章縱橫向結構理論體系。

（二）多維研究視角之綜合調控

認知世界、觀察現象都要選擇適宜的切入點，對縱橫向結構的研究同樣面臨著角度的選擇問題。為實現本專著建構縱橫向結構理論體系之需，陳佳君根據自己多年來對漢語辭章的徹察與分析，最終主張和實踐了多維性視角的研究，並在研究過程中努力做到了綜合調控，從而使自己的研究有張有弛、疏密有度、遊刃有餘、井然有序。

陳佳君研究的思路相當清晰明瞭，所以在該專著中從多角度切入邏輯地運演了篇章縱橫向結構之理論體系。在兼顧理論與應用並重的前提下，分層確定了各個層級的研究角度。在宏觀層面，以篇章縱橫向結構理論體系為建構目標；在中觀層面，以縱橫向結構之理論基礎、核心內

容、意象與章法等為主要視點；在微觀層面，以具體現象
與疊合類型為重要研究實體，並積極協調平衡好這三個層
級上研究視點的關係，以做到有血有肉、主次分明、互補
並置。比如，對縱橫向結構理論基礎的研究，陳佳君分別
揭示了縱向結構與橫向結構的哲學淵源、意象之形成與連
結、章法之包孕結構、「情經辭緯」觀，以及意象系統與
章法結構之關係；對縱向結構現象之分析，在意象方面則
立足於文學意象、電影意象、建築意象等；對疊合類型的
梳理，則二分為縱橫向結構之單一型疊合，又涵蓋單情類
型之疊合、單理類型之疊合、單事類型之疊合、單景類型
之疊合等；縱橫向結構之複合型疊合，又涵蓋情景複合類
型之疊合、理事複合類型之疊合、其他複合類型之疊合
等。由於陳佳君能夠駕輕就熟，使得各個角度的研究各得
其所，相得益彰，從而初步完備了縱橫向結構理論體系的
基本框架和主要內容。

（三）語料範圍之適度拓展

　　一種理論是否具有價值，一方面在於是否具有理論指
導意義，另一方面在於能否進行具體的操作。二者的完美
結合正是該理論體系的學術價值與應用價值[3]的綜合表
徵。基於此，對縱橫向結構之研究就不能僅僅滯留於古代
詩文之章法，也不能僅僅限於文學作品之結構，而應該努

3　孟建安〈章法學體系建構的系統性原則〉，《國文天地》2007.6，頁83-87。

力拓寬研究物件的範圍，以最大限度地強化理論體系的周
延性與普適性。正如陳佳君自己所言，近年來辭章學的研
究持續往深度和廣度努力。深度方面，已從哲學、美學的
領域，上溯理論淵源，尋繹美感效果，以提升學術高
度[4]。陳佳君不僅認識到了這一點，而且在該專著中較為
圓滿地履行了自己的職責，尤其是在廣度方面特別著力。
除了以傳統古典詩詞散文為研究對象外，還將研究語料進
一步適度延展到對聯、佛經、新詩、音樂意象、建築的空
間符碼、電影的橫向結構以及電影裏的角色與物材等。比
如，對章法的研究，不僅有傳統對詩文章法的研究，還進
一步拓展到了對聯章法、佛典章法、電影章法等範圍。這
是陳佳君在該專著中的重要貢獻之一，在這個意義上說填
補了章法研究的空白，並進一步寬泛了章法研究的空間。
這正表現出辭章章法理論的普遍性，由此也可印證「人同
此心，心同此理」的道理，契合宇宙規律與人心的原理原
則，並能適應於各種文藝現象。

二

正是堅持了上述科學的方法論原則，使得陳佳君能夠
在科學研究道路上永不停息、昂首闊步，雖歷盡酸甜苦
辣，但最終攀登了一座座學術險峰，在對眾多實實在在的

---

4 陳佳君《篇章縱橫向結構論》，臺北：文津出版社，2008，頁412。

類型化篇章結構研究的基礎上，形成了自己鮮明的新穎的章法主張，以及具有較強說服力和生命力的系統性理論，取得了豐碩的系列性研究成果。限於篇幅，本文僅從三個方面來論證陳佳君經由精密深入研究獲得的新穎而可靠的結論。

（一）理清了意象系統與章法結構之關係

按照「多、二、一（0）」螺旋結構理論，篇章結構包含縱橫兩向。縱向結構是指由情、理、事、景，組成具有層次性的意象系統；橫向結構則是透過章法，聯句成節、聯節成段、聯段成篇所形成的邏輯條理。如果把篇章結構界定為「一（0）」，那麼縱向結構和橫向結構則應界定為「二」；縱向結構對應於意象系統，橫向結構對應於章法結構，由此層層剝離便可分別廓清意象系統和章法結構在篇章結構系統中的定位及其各自的系統性特徵。由此可以看出，二者各有自己的研究對象和研究空間，但是二者並不是截然分離毫無關聯的。相反，二者之間具有不可分割的極為密切的關係。

陳佳君對意象系統與章法結構之間的錯綜關係進行了詳細而又深入的探討與論證，理清了二者之間的相互關聯性。這一點僅僅從該專著的書名「篇章縱橫向結構論」、第二章第三節「縱橫向結構疊合之理論」、第六章「縱橫向結構疊合之類型」等章節就可以看出研究者的良苦用心。經過潛心研究，陳佳君認為，在篇章結構中如果沒有

縱向的內容，便無法形成橫向的結構；而沒有章法，則更無法理清大小意象之間的條理關係。可見辭章之縱橫向結構，存在著相當密切的連結性。而透過縱橫向結構的疊合研究，也能使辭章作品突顯出意象系統和章法結構的特色和關係。也就是說，缺失了意象系統的章法結構與省卻了章法結構的意象系統，都無法探究篇章結構的本真，所以彼此之間是互為關聯的，雙方的和諧共處打造了合理健全的篇章結構。對此，陳滿銘在給陳佳君所作的〈序言〉中做出了簡明扼要的闡述與中肯的評價。陳滿銘說，捨棄縱向而取橫向，或捨棄橫向而取縱向，是無法探知辭章的篇章結構的。唯有疊合縱、橫向而為一，用「表」為輔加以呈現，才能突顯一篇辭章在「意象系統」與「章法結構」上的特色。陳佳君之研究發現，縱向結構乃透過意象層層連結而成，是讓辭章內容得以形成於充實的要素；橫向結構則是使情意思想與物事材料能夠獲得安排與布置的橋樑。這樣就可以說，陳佳君已經成功地辨明了辭章意象系統與章法結構之關係與特色，呈現了較為完成的篇章結構[5]。

（二）發現了縱橫向結構之疊合及其類型

陳佳君在該專著中以一章（第六章）的篇幅較為詳細地歸納分析了縱橫向結構疊合的大致狀況與基本類型。陳

---

5 陳滿銘〈陳序〉，《篇章縱橫向結構論》，臺北：文津出版社，2008。

佳君認為，所謂篇章縱橫向結構的疊合，其一是指在結構分析表上同時呈現，其二是指意象屬性與章法類型之間的對應。當意象系統與章法結構，在結構表中疊合為一時，能較為完整地展現辭章縱向與橫向的結構特色。由於兩者本具有密切的聯繫，因此「情」、「理」、「事」、「景」等成分，無論在篇章中是以單一或複合的模式成篇，都有相應的章法類型，如虛實法、情景法、敘論法、泛具法等。陳佳君研究發現，縱橫向結構疊合有兩大類型，其一是單一型疊合，其二是複合型疊合。其中，單一型疊合又有單情類型之疊合、單理類型之疊合、單事類型之疊合、單景類型之疊合等類型；複合型疊合又有情景複合類型之疊合、理事複合類型之疊合、其他複合類型之疊合等類型。疊合類型的發現不僅真實地反映了篇章結構的組合規律和模式，而且也證明研究者是在不斷地超越自我，不斷地在傳承中又有新的創見，並從另一個角度進一步完善了漢語辭章章法學理論體系。

（三）詮釋了意象連結之媒介及其特性

在篇章結構的意象系統，「意」就是來源於主體的「情」與「理」，「象」就是源自於客體的「事」和「景」。「意」和「象」雖分屬主與客，有著迥然之處，但二者之間是相互契合而統於一的；各個層次上的意象，大的意象，小的意象，基於某種媒介而層層組合形成篇章的意象系統。陳佳君借助於格式塔心理學、美學、文藝學、

辭章學、語言學等理論實現了跨學科打通，在意與象、主與客之間找尋到了聯繫點與契合點，那就是二者之間隱存著的「同構」性。也就是說，在「意」與「象」之間存在的「構」是相同的，由此才有連結的可能與條件。陳佳君認為，這所謂的「構」就是存在於「情」、「理」、「景（物）」、「事」四大要素間，彼此能夠相互連結的一種內蘊力量，並且具有「偏全」、「顯隱」、「對比與調和」的各種特性[6]。「同構」性是意象相連的充分必要條件，因此在統合「意」、「象」而為一體時，必須要花大力氣在眾多內外因素中加以分析、判斷與確認。那麼，這個「同構」該如何獲取？這是隱藏於「同構」性之後的又一關鍵所在。陳佳君在專著中借鑒了心理學理論來提醒研究者該從何處下手，這具有十分重要的原動力作用和啟發意義。

綜上所述，陳佳君博士的專著《篇章縱橫向結構論》具有強烈的方法論意識，堅持了科學的方法論原則，並在此前提下提出了自己關於篇章縱橫結構疊合的章法思想，初步建構了較為科學合理的篇章縱橫結構疊合的理論體系，為漢語辭章章法學做出了重大貢獻。

＊註：本文刊載於《國文天地》26卷4期，2010.9，頁76-80。

6　陳佳君《篇章縱橫向結構論》，臺北：文津出版社，2008，頁413。

辭章學研究的新創獲
——評陳佳君《篇章縱橫向結構論》

鐘玖英·南京曉莊學院 人文學院 教授

陳佳君博士畢業於臺灣師範大學國文研究所，是臺灣辭章學研究團隊的重要成員，學術研究涉及辭章學、章法學和意象學等領域。除出版專著《虛實章法析論》、《國中國文義旨教學》、《辭章意象形成論》之外，更參與研究團隊的各種學術活動和編書、教學演講等服務工作，成果甚豐，值得關注。她在繁忙的教學之餘，探索不已、筆耕不輟，已在海外和海峽兩岸的學報、期刊、研討會上，發表學術論文三十餘篇。

《篇章縱橫向結構論》是陳博士近期出版的辭章學研究專著，也可以說是她個人研究成果的再拓展、新發現，因為在 2002 年出版的《虛實章法析論》中，主要是選擇了最龐大的一類章法，進行辭章學偏向於「橫向結構」的研究；而 2005 年出版的《辭章意象形成論》，是站在廣義意象學的研究視角，探討辭章核心之「意」與周邊之「象」，主要是偏於「縱向結構」的研究。而新著《篇章縱橫向結構論》，則是在她原有的研究基礎上，進一步結合兩者，全面探尋篇章縱向和橫向結構的理論淵源與文藝

現象，其目的是為了突顯兩者的密切關聯，並嘗試展現完整的篇章結構風貌。

那麼，什麼是篇章的縱橫向結構呢？陳佳君提出：「縱向的結構是由『情』、『理』（意）和『事』、『景』（象）所組成的意象系統，它所涉及的是辭章的內容；橫向的結構則是由存在於辭章內容深層的邏輯條理，也就是章法，所組織而成。」（頁 1）她還進一步指出：「既然篇章結構是含縱橫兩向，那麼欲辨明意象組合的層次系統或邏輯條理的組織關係，以完整呈現一篇文章在內容與形式結構上的特色，就需要同時關顧縱橫向結構。」（頁 2）據此簡要說明了全書之研究目的。

研讀全書，我以為有四大特色，簡要概述如下：

（一）承繼了《文心雕龍》〈情采〉中「情經辭緯」的文學主張。

陳佳君首先討論了縱橫向結構的理論，然後總結道：「透過對應於自然規律的各種二元關係，如遠近、今昔、本末、賓主、正反、虛實、因果、凡目……等，能助以理清內容材料之間的邏輯條理，所突顯的是篇章的橫向關係；辨明辭章中的『情』、『理』、『事』、『景（物）』等意象之形成、連結、層次等，則能展現辭章由個別而整體的意象系統，所關注的是縱向關係。」（頁 98）事實上，這樣的文藝理論實可上溯《文心雕龍》。〈情采〉云：「情者，文之經，辭者，理之緯。」此「經緯論」實是中國古

典文藝學在探討有關內容與形式時所特具的原理，也可以說是篇章縱橫向結構論的源頭，本書抓住此重要理論，為全書的析論立下理論根據。

（二）構建了全書以「理論基礎」、「主要內涵」、「現象驗證」為架構的理論體系。

陳佳君對篇章縱橫向結構的研究方法是先上探哲學淵源（第二章），再從意象之形成與連結、章法之包孕結構等爬梳相關學理，以奠定理論基礎（第二章），尤其在探索意象之所以能夠產生關聯的「同構」原理（第二章第一節），以及章法呼應於宇宙規律的二元對待關係（第二章第二節）等，最值得關注。其次，分別鎖定意象與章法，從縱向結構與個別意象、整體意象，橫向結構與章法規律、章法類型探討其主要內涵（第三章），其中，通過主要內涵的討論，實已一步步建構出屬於篇章縱橫向結構論的體系，如個別意象之形成與「一意多象」和「一象多意」的偏義性，整體意象的安置技巧與顯隱性質；以及秩序、變化、聯貫、統一之章法四大律，圖底、因果、虛實、映襯之章法四大族類。接著，再藉由分析各種語料，以作為應用面的驗證（第四章、第五章）。此外，除分論縱向結構和橫向結構，也合論縱橫向結構的疊合（第六章），有分有合，使論述更趨完整、嚴密。

（三）以細膩的分析圖表，輔助呈現了辭章作品的縱橫向結構。

　　如第二章在討論整體的篇章意象時，舉蘇轍〈黃州快哉亭記〉為例，書中除列有橫向的章法結構分析表外，也加框明示各層次所分屬的意象類別，這樣處理之後，確實能釐清意象形成與章法單元的關係，如描繪亭臺的「景意象」、懷想當地流風遺跡的「事意象」，對應著邏輯條理上的「敘」，而議論「使其中坦然，不以物傷性，將何適而非快」的「理意象」時，則對應著邏輯條理上的「論」（頁 40）；接著，再用三角關係圖示，解釋「坦然自得」之「意」，是透過「快哉」為「構」，和「快哉景」、「快哉事」之「象」取得了聯繫關係，使文章形成有機整體。其次，在第六章論述縱橫向結構疊合之類型時（頁 359-410），陳佳君先以「單一型疊合」和「複合型疊合」分門別類，而在每類所舉之詩文例證，皆齊備「縱向結構表」、「橫向結構表」，和「縱橫向疊合結構表」，從而突顯出三個意義：一、辭章作品內部紛繁豐富的內容，蘊藏著怎樣的具有層次性的意象系統；二、節段與節段間的內容，存在著什麼樣的條理關係以組織成篇；三、如何透過縱橫向疊合的結構分析表，同時展現其整體的呼應關係。可以說，透過辭章章法學和意象學獨到的研究方法，輔以各種表解，確實能分析出辭章作品在內容與形式上的特色和藝術技巧。

（四）以跨學科的聯繫視野，體現了辭章學原理的普遍性。

陳佳君在本書針對篇章縱橫向結構進行析論，研究的問題意識明確。在研究方法上，先從哲學層面尋求此論點的理論淵源，再從文藝學理論中，吸取養分，從理論基礎和主要內涵中，建構一個縱橫向結構的學科體系。那麼，接著就是應用和檢驗的問題了。她在本書勇於嘗試從各種研究語料中去檢視縱橫向結構存在的文藝現象，例如長篇對聯、佛教經典、現代文學、電影媒材、建築空間等，而不只侷限於古典詩文，這是一種聯繫相關學科的跨領域研究，正如南京大學王希杰教授所言：章法學雖是建立在古典詩詞的基礎上，也實踐在中小學的語文教學，但辭章學的對象是一切人的一切言語活動，因此到一切的言語作品中，去研究各種類型的話語的章法結構，社會會需要它（見〈章法學對話〉）。而今，陳佳君已經開始擴大辭章學的研究範圍，也充分體現了辭章學原理及現象存在的普遍性意義。

陳佳君博士的新著《篇章縱橫向結構論》，不僅是她本人幾年來辭章學研究的再拓展、新收穫，也可說體現了臺灣辭章學研究的新進展、新創獲。

＊註：本文已通過審查，將發表於《國文天地》26 卷 6 期，2010.11。

國家圖書館出版品預行編目資料

篇章縱橫向結構論別裁 ／ 陳佳君著. -- 初版. --

臺北市：萬卷樓, 2010.10

　　　面；　　　公分

ISBN 978－957－739－691－4 (平裝)

1.漢語　2.篇章學

820.76　　　　　　　　　99018415

篇章縱橫向結構論別裁

著　　　者：陳佳君

發　行　人：陳滿銘

出　版　者：萬卷樓圖書股份有限公司

　　　　　　臺北市羅斯福路二段 41 號 6 樓之 3

　　　　　　電話(02)23216565．23952992

　　　　　　傳真(02)23944113

　　　　　　劃撥帳號 15624015

出版登記證：新聞局局版臺業字第 5655 號

網　　　址：http://www.wanjuan.com.tw

E－mail　：wanjuan@seed.net.tw

承印廠商：中茂分色製版印刷事業股份有限公司

定　　　價：240 元

出版日期：2010 年 10 月初版

ISBN：978－957－739－691－4